金瓶梅詞話

萬曆本

十一

第五十二回

潘金蓮驚散幽歡

吳月娘拜求子息

第五十三回

吳月娘承歡求子息　李瓶兒酬愿保兒童

人生有子萬事足　身後無兒揔是空
產下龍媒須保護　欲求麟種貴陰功
禱神且急酬心愿　服藥還教暖子宮
父母好將人事盡　其間造化聽蒼穹

話說吳月娘。與李嬌兒桂姐孟玉樓。李瓶兒。孫雪娥。潘金蓮。大姐混了一場。身子也有些不耐煩。徑進房去睡了。醒時約有更次。又差小玉去問李瓶兒道。官哥沒怪哭麼。叫妳子抱得緊緊的。拍他睡好。不要又去惹他哭了。妳子也就在炕上。吃了晚飯。沒待下來。又丟放他在那里。李瓶兒道。你與我謝聲大娘道。自

進了房裡。只顧呱呱的哭打冷戰不住。而今纔住得哭。磕伏在
妳子身上睡了。額子上有些熱剩剩的。妳子動也不得動。停會
兒我也待換他起來。吃夜飯淨手哩。那小玉進房。回覆了月娘
月娘道。他們也不十分當緊的。那里一個小娃兒。丟放在芭蕉
脚下。徑倒別的走開。吃猫諕了。如今纔是愁神哭鬼的。定要弄
壞了。纔住手。那時說了幾句。也就洗了臉。睡了一宿。到次早起
來。別無他話。只差小玉問官哥。下半夜有睡不否。還說大娘吃了
粥。就待過來看官哥了。李瓶兒對迎春道。大娘就待過來。你快
要拿臉水來。我洗了臉。那迎春飛搶的拿臉水進來。李瓶兒急
攘攘的梳了頭。交迎春慌不迭的。燒起茶來。點些安息香在房
里。二三不知小玉來報。說大娘進房來了。慌得李瓶兒。撲起的也

似接了。月娘就到妳子床前。摸着官哥道。不長俊的小油嘴。常時把做親娘的。平白地提在水缸裡。這官哥兒呱的聲怪哭起來。月娘連忙引鬪了一番。就住了。月娘對如意兒道。我又不得養。我家的人種。便是這點點兒。休得輕覷着他。着緊用心纔好。妳子如意兒道。這不消大娘分付。月娘就待出房。李瓶兒道。大娘來。泡一甌子茶在那里。請坐坐去。月娘就坐定了。問道六娘。你。頭髮也是亂蓬蓬的。李瓶兒道因這寃家作怪搗氣頭也不得梳。又是大娘來。倉忙的扭一挽兒。胡亂礚上鬏髻。不知怎模樣的做笑話。月娘咲道。你看是有槽道的麼。自家養的親骨肉。倒也叫他是寃家。學了我。成日要那寃家。也不能勾哩。李瓶兒道是便這等說。沒有這些鬼病來纏擾他便好。如今不得三兩日安靜。常時一出。前日墳上去。鑼鼓諕了。不幾時。又是剃頭哭得要不的。如今又吃猫諕了。人家都是好養。偏有這東西。是燈草一樣脆的。說了一場。月娘就走出房來。李瓶兒隨後送出。月娘道。你莫送我。進去看官哥去罷。李瓶兒就進了房。月娘走過房裡去。只聽得照壁後邊。賊燒䖝的。說些什麼。月娘便立了聽着。又在板縫裡瞧着。一名是潘金蓮。與孟玉樓。兩個同靠着欄杆。嗽了聲氣。絮絮荅荅的。講說道。姐姐。好沒正經。自家又沒得養。別人養的兒子。又去溫遭魔的。㨶相知。呵卵脬。我想窮有窮氣。杰有杰氣。奉承他做甚的。他自長成了。只認自家的娘。那個認你。只見迎春走過去。兩個悶的走開了。假做尋猫兒喂飯。到後邊去了。月娘不聽也罷。聽了這般言語。怒生心上。恨落牙根那時節欲叫破罵他。又是爭氣不穿的事。反傷體面。只得忍耐了。一徑進房。睡在床上。又恐丫鬟每覺着了。不好放聲哭得。只管自埋自怨。短嘆長吁。真個在家不敢高聲哭。只恐猿聞也斷腸。那時月當正午。還不起身。小玉立在床邊。請大娘起來吃飯。月娘道我身子不好。還不吃飯。你掩上房門。且燒些茶來吃。小玉捧了茶進房去。月娘纔起來悶悶的坐在房裡。說道我沒有兒子。受人這樣懊惱。我求天拜地。也要求一個來。羞那些賊歪婦的毬臉。于是走到後房。文櫃梳匣內。取出王姑子整治的頭胎衣胞來。又取出薛姑子送的藥看。小小封筒上面。刻着種子靈丹四字。有詩八句。

姮娥喜竊月中砂　　咲取斑龍頂上芽

漢帝桃花勅特降　梁王竹葉誥曾加
須臾餌驗人堪羨　衰老還童更可誇
莫作雪花風月趣　烏鬚種子在些些

後有讚曰

紅光閃爍。宛如碾就之珊瑚。香氣沉濃。彷彿初燃之檀麝。喻之口內。則甜津湧起于牙根。置之掌中。則熱氣貫通于臍下。直可還精補液。不必他求玉杵霜。且能轉女為男。何須別覓神樓散。不與爐邊雞犬。偏助被底鴛鴦。乘興服之。遂入蒼龍之夢。按時而動。預徵飛燕之祥。求子者一投即效。修真者百日可僊。後又曰服此藥後。凡諸腦損物諸血敗血皆宜忌之又忌蘿蔔葱白。其交接單日為男。雙日為女。惟心所願。服此一年。可得長生矣。

月娘看畢。心中漸漸的歡喜。見封袋封得緊。用纖纖細指。緩緩輕挑。解包開看。只見烏金紙三四層。裹着一丸藥。外有飛金硃砂。粧點得十分好看。月娘放在手中。果然臍下熱趕來。放在鼻邊。果然津津的滿口香嚥。月娘咲道。這薛姑子果有道行。不知那里去。尋這樣妙藥靈丹。莫不是我合當得喜。遇得這個好藥。也未可知。把藥來看玩了一番。又恐怕藥氣出了。連忙把麵粿來。依舊封得緊緊的。原進後房。鎖在梳匣內了。走到步廊下。對天長嘆道。若吳氏明日壬子日。服了薛姑子藥。便得種子。承繼西門香火。不使我做無祀的鬼。感謝皇天不盡了。那時日已近晚。月娘纔吃了飯。話不再煩。西門慶到劉太監庄上。投了帖兒那些役人。報了黃主事。安主事。一齊迎住。都是冠帶。好不齊整叙了揖坐下。那黃主事。便開言道。前日仰慕大名。敢爾輕造。不想就擾執事。太過費了。西門慶道。多慢爲罪。安主事道。前日要赴敝同年胡大尹召。就告別了。主人情重。至今心領。今日都要盡歡達旦。纔是。西門慶道。多感盛情。門子低報道。酒席已完備了。就邀進捲棚。解去冠帶。安席。送西門慶首坐。西門慶假意推辭。畢竟坐了首席。歌童上來。唱一隻曲兒。名喚錦橙梅。

紅馥馥的臉襯霞。黑髭髭的鬢堆鴉。料應他必是箇中人打扮的堪描畫。顫巍巍的插著翠花。寬綽綽的穿著輕紗。兀的不風韻煞人也。嗏。是誰家把我不住了偷晴兒抹。

西門慶讚好。安主事。黃主事。就送酒與西門慶。西門慶荅送過了。優兒又展開檀板。唱一隻曲名喚降黃龍衮。
鱗鴻無便。錦箋慵寫。腕鬆金。肌削玉。羅衣寬徹。淚痕淹破胭
脂雙頰。寶鑑愁臨。翠鈿羞貼。○等閑孤負好天良夜。玉爐中。
銀臺上。香消燭滅。鳳幃冷落。鴛衾虛設。玉筍頻搓。繡鞋重攧。
那時吃到酒後。傳盃換盞。都不絮煩。却說那潘金蓮在家。因昨
日雪洞里。不曾與陳經濟得手。此時趁西門慶在劉太監庄與
黃主事。安主事吃酒。吳月娘又在房中。不出來。奔進奔出的好
像熱盤上蟻子一般。那陳經濟在雪洞裡跑出來。睡在店中。那
話兒硬了一夜。此時西門慶不在家中。只管與金蓮兩個眉來
眼去。直至黃昏時後。各房將待掌燈。金蓮躡足潛踪。踮到捲棚
後面。經濟三不知走來。隱隱的見是金蓮。遂緊緊的抱着了。把

臉子挨在金蓮臉上。兩個親了十來個嘴。經濟道。我的親親。昨夜孟三兒。那寃家。打開了我每。害得咱硬帮帮。撑起了一宿。今早見你妖妖嬈嬈。搖颭的走來。教我渾身兒酥麻了。金蓮道。你這少死的賊短命。沒些槽道的。把小丈母。便揪住了親嘴。不怕人來聽見麼。經濟道。若見火光來。便走過了。經濟口裡。只故叫親親。下面单裙子內。却似火燒的一條硬鐵。隔了衣服。只顧挺將進來。那金蓮也不由人。把身子一聳。那話兒都隔了衣服。熱烘烘對着了。金蓮政忍不過。用手撳開經濟裙子。用力捏着陽物。經濟慌不迭的。替金蓮扯下褲腰來。劃的一聲。却扯下一個裙襉兒。金蓮笑罵道。蠢賊奴。還不曾偷慣食的。恁小着膽。就慌不迭。倒把裙襉兒扯吊了。就自家扯下褲腰。剛露出牝口。一腿趫在闌干上。就把經濟陽物。塞進牝口。原來金蓮鬼混了半晌。
已是濕荅荅的。被經濟用力一挺。便撲的進去了。經濟道。我的
親親。只是立了不盡根。怎麼處。金蓮道。胡亂抽送抽送。且再擺
佈。經濟剛待抽送。忽聽得外面狗子。都嘷嘷的吽起來。却認是
西門慶吃酒回來了。兩個慌得一滚烟走開了。却是書童玳安。
兩個拿着冠帯金扇。進來亂嚷道。今日走死人也。月娘差小玉
出來看時。只見兩個小廝。都是醉模糊的。小玉問道。爺怎的不
歸。玳安道。方纔我每。恐怕追馬不及。問了爺。先走回來。他的馬
快也。只在後邊來了。小玉進去回覆了。不一時西門慶已到門
外。下了馬。本待到金蓮那里睡。不想醉了。錯走入月娘房里來。
月娘暗想明日二十三日。乃是壬子日。今晚若留他。反挫明日

大事。又是月經左來日子。也至明日潔淨。對西門慶道。你今晚
醉昏昏的。不要在這里鬼混。我老人家。月經還未淨。不如在別
房去睡了。明日來罷。把西門慶帶笑的。推出來。走到金蓮那里
去了。捧着金蓮的臉。道這個是小淫婦了。方纔待走進來。不想
有了幾杯酒。三不知走入大娘房里去。金蓮道。精油嘴的東西。
你便說明日要在姐姐房里睡了。碎說嘴的。在真人前赤巴巴
弔謊。難道我便信了你。西門慶道。怪油嘴。專要歪斯纏人。真正
是這樣的。着甚緊弔着謊來。金蓮道。且說姐姐怎地不留你住
西門慶道。不知道他。只管道我醉了。推了出來。說明晚來罷。我
便急急的來了。金蓮政待澡牝。西門慶把手來待摸他。金蓮雙
手甕住。罵道短命的。且沒要動彈。我有些不耐煩在這里。西門

慶一手拖住。一手揷入腰下。竟摸着道怪行貨子。怎的夜夜乾
卜卜的。今晚裡面有些濕荅荅的。莫不想着漢子。騷水發哩。原
來金蓮想着經濟還不曾澡牝。被西門慶無心中。打着心事。一
時臉通紅了。把言語支吾。半笑半罵。就澡牝洗臉。兩個宿了一
夜不題。却表吳月娘次早起來。却正當壬子日了。便思想薛姑
子。臨別時。千叮嚀萬囑付。叫我到壬子日。吃了這藥。管情就有
喜事。今日正當壬子。政該服藥了。又喜昨夜天然湊巧。西門慶
飲醉回家。撞入房來。回到今夜。因此月娘心上。暗自喜歡。清早
起來。即便沐浴梳粧完了。就拜了佛。念一遍白衣觀音經。求子
的。最是要念他所以月娘念他。也是王姑子教他念的。那日壬
子日。又是個緊要的日子。所以清早閉了房門。燒香點燭。先誦

過了。就到後房。開取藥來。叫小玉頓起酒來。也不用粥。先吃了
些乾糕餅食之類。就雙手捧藥。對天禱告。先把薛姑子一丸藥。
用酒化開。異香觸鼻。做三兩口。服完了。後見王姑子。製就頭胎
衣胞。雖則是做成末子。然終覺有些注疑。有些焦刺刺的氣子。
難吃下口。月娘自忖道。不吃他。不得見効。待吃他。又只管生疑
也罷事到其間。做不得主了。只得勉强吃下去罷。先將符藥一
把。罨在口内。急把酒來。大呷半碗。幾乎嘔將出來。眼都忍紅了。
又連忙把酒過下去。喉舌間。只覺有些膩格格的。又吃了幾口
酒。就討温茶來漱淨口。睡向床上去了。西門慶政走過房來。見
門關着。叫小玉開了。問道怎麼悄悄的關上房門。莫不道我昨
夜去了。大娘有些二十四麼。小玉道。我那里曉得來。西門慶走

進房來。叫了幾聲。月娘吃了早酒。向裡床睡着去。那里答應他。西門慶向小玉道。賊奴才。現今叫大娘。只是不應。怎的不是氣我。遂沒些趣。向走出房去。只見書童進來。說道應二爹在外邊了。西門慶走出來。應伯爵道。哥前日到劉太監庄上。赴黃安二公酒席。得盡歡麼。直飲到幾時分纔散了。西門慶道。承兩公十分相愛。他前的下顧。因欲赴胡大尹酒席。倒坐不多時。我到他那里。却情投意合。倒也被他多留住了。灌了好幾杯酒。直到更次。歸路又遠。醉又醉了。不知怎的了。應伯爵道。別處人倒也好情分。還該送些下程與他。西門慶道。說得有理。就叫書童寫起兩個紅禮帖來。分付裡面辦一樣兩副盛禮。枝圓荔棗鵞鴨羊腿鮮魚。兩罈南酒。又寫二個謝宴名帖。就叫書童來。分付了。差他送去。書童答應去了。應伯爵就挨在西門慶身邊來坐近了。
哥前日說的。曾記得麼。西門慶道。記甚的來。應伯爵道。想是忙
的都忘記了。便是前日同謝子純在這里吃酒。臨別時說的。西
門慶。呆登登想了一會。說道莫不就是李三黃四的事麼。應伯
爵笑道。這叫做簷頭雨滴從高下。一點也不差。西門慶做攢眉
道。教我那里有銀子。你眼見我前日支鹽的事。沒有銀子。與喬
親家。挪得五百兩湊用。那里有許多銀子放出去。應伯爵道。左
右生利息的。隨分箱子角頭。尋些湊與他罷。哥說門外徐四家
的。昨日先有二百五十兩來了。這一半就易處了。西門慶道。是
便是。那里去湊。不如且回他。等討徐家銀子。一揔與他罷。應伯
爵正色道。哥。君子一言。快馬一鞭。人而無信。不知其可也。哥前

日不要許我便好。我又與他每說了。千眞萬眞。道今日有的了。
怎好去回他。他們極服你做人慷慨。直甚麽事。反被這些經紀
人。背地裡不服你。西門慶道。應二爹如此說。便與他罷。自巳走
進去。收拾了二百三十兩銀子。又與玉簫。討昨日收徐家二百
五十兩頭。一總彈准四百八十兩。走出來對應伯爵道。銀子只
湊四百八十兩。還少二十兩。有些段疋作數。可使得麽。伯爵道。
這個却難。他就要現銀去幹香的事。你好的段疋。也都沒放。你
剩這些粉段。他又幹不得事不如湊現物與他。省了小人脚步。
西門慶道。也罷。也罷。又走進來。稱了廿兩成色銀子。叫玳安通
共掇出來。那李三黃四。却在間壁人家坐久。只待伯爵打了照
面。就走進來。謝希大適値進來。李三黃四。叙揖畢了。就見西門

慶。行禮畢。就道前日蒙大恩。因銀子不得関出。所以遲遲。今因東平府。又派下二萬香來。敢再挪五百兩。暫濟燃眉之急。如今関出這批銀子。一分也不動。都盡這遭來。一齊筭利奉還。西門慶便喚玳安。鋪子裡取天平。請了陳姐夫。先把他討的徐家廿五砲彈准了。後把自家二百五十兩彈明了。付與黄四李三。兩人拜謝不已。就告別了。西門慶欲留應伯爵。謝希大。再坐一回。那兩個那有心想坐。只待出去。與李三黄四。分中人錢了。假意說有別的事。急急的別去了。那玳安琴童。都擁住了伯爵。討些些使用。買果子吃。應伯爵搖手道。没有没有。這是我認得的。不帶得來送你。這些狗弟子的孩兒。徑自去了。只見書童。走得進來。把黄主事。安主事。兩個謝帖回話。說兩個爺說。不該受禮。恐拂

盛意。只得收了。多去致意你爺。力錢二一封。西門慶就賞與他。又
稱出些。把偓來的挑盤人打發了。天色已是掌燈時分。西門慶
走進月娘房裡坐定。月娘道小玉說。你曾進房來叫我。我睡着
了。不得知。你叫。西門慶道。却又來。我早認你有些不快我哩。月
娘道。那里說起。不快你來。便叫小玉炮茶。討夜飯來吃了。西門
慶飲了幾杯。身子連日吃了些酒。只待要睡。因兇時不在月娘
房裡來。又待奉承他。也把胡僧的膏子藥來。用了些。脹得陽物
來鐵杵一般。月娘見了。道那胡僧這樣。没槽道的。謊人的。弄出
這樣把戲來。心中暗忖道。他有胡僧的法術。我有姑子的仙丹。
想必有些好消息也。遂都上床去。暢美的睡了一夜。次日起身。
都至日午時候。那潘金蓮。又是顛唇簸嘴。與孟玉樓道。姐姐前

日教我看幾時是壬子日。莫不是揀昨日。與漢子睡的。爲何恁的湊巧。玉樓笑道。那有這事。正說話間。西門慶走來。金蓮一把扯在西門慶道。那裡人家睡得這般早。起得恁的晏。日頭也沉沉的待落了。還走往那里去。西門慶被他鬼混了一場。那話兒又硬起來。徑撇了玉樓。玉樓自進房去。西門慶按金蓮在床口上。就戲做一處。春梅就討飯來。金蓮同吃了不題。却說那月娘自從聽見金蓮背地。講他愛官哥。兩日不到官哥房裡去看。只見李瓶兒走進房來。告訴道。孩子日夜啼哭。只管打冷戰不住。却怎麽處。月娘道。你做一個擺佈。與他弄好了便好。把些香愿也許許。或是許了賽神。一定減可些。李瓶兒前日身上發熱。我許拜謝城隍土地。如今也待完了心愿。月娘道。是便是。你的心願。也還該再請劉婆來。商議商議。看他怎地說。李瓶兒政待走出來。月娘道。你道我昨日成日的不得看孩子。着甚緣故不得進來。只因前日我來看了孩子。走過捲棚照壁邊。只聽得潘金蓮在那里。和孟三兒。說我自家沒得養。倒去奉承別人。扯淡得沒要緊。我氣了半日的。飯也吃不下。李瓶兒道。這樣怪行貨。歪剌骨。可是有槽道的。多承大娘好意思。着他甚的。也在那里搗鬼。月娘道。你只記在心。防了他。也沒則聲。李瓶兒道。便是這等前日迎春說。大娘出房後邊。迎春出來。見他與三姐。立在那里說話。見了迎春就尋猫去了。政說話間。只見迎春氣吼吼的走進來。說道。娘快來。官哥不知怎麼樣。兩隻眼不住反看起來。口裡捲些白沫出來。李瓶兒說得頂口無言。攢眉欲淚。一面差小

玉報西門慶。一面急急歸到房裡。見婦子如意兒。都失色了。剛
看時西門慶也走進房來。見了官哥。放死放活。也吃了一驚。就
道不好了不好了。怎麼處。婦人平日不保護他好。到這田地、就
來叫我。如今怎好。指如意兒道。婦子不看好他。以致今日。若萬
一差池起來。就搗爛你做肉泥。也不當稀罕。那如意兒慌得口
也不敢開。兩淚齊下。李瓶兒只管看了暗哭。西門慶道。哭也沒
用。不如請施灼龜來。與他灼一個龜板。不知他有甚禍福紙脉。
與他完一完再處。就問書童討单名帖。飛請施灼龜來坐下。先
是陳經濟陪了吃茶。琴童張安。點燭燒香。舀淨水。擺卓子。西門
慶出來相見了。就拿龜板對天禱告。作揖進入堂中。放龜板在
卓上。那施灼龜雙手接着放上龜藥。點上了火。又吃一甌茶。西

門慶正坐時。只聽一聲響。施灼龜看了。停一會不開口。西門慶問道。吉凶如何。施灼龜問甚事。西門慶道。小兒病症。大象怎的有紙脉也沒有。施灼龜道。大象目下沒甚事。只怕後來反覆牽延。不得脫然全愈。父母占子孫。子孫爻不宜晦了。又看朱雀爻大動。王獻紅衣神道城隍等類。要發猪羊去祭他。再領三碗羹飯。一男傷。一女傷。草船送到南方去。西門慶就送一錢銀子謝他。施灼龜極會諂媚。就千恩萬謝。蝦也似打躬去了。西門慶走到李瓶兒房裡。說道方纔灼龜的。說大象牽延。還防反覆。只是目下急急的。該獻城隍老太。李瓶兒道。我前日原許的。只不曾獻得孩子只管駁雜。西門慶道。有這等事。即喚玳安叫慣行燒帋的錢痰火來。玳安即便出門。西門慶和李瓶兒攤着官哥道孩子。我與你賽神了。你好了些。謝天謝地。說也奇怪。那時孩子就放下眼。磕伏着有睡起來了。李瓶兒對西門慶道。好不作怪麼。一許了獻神道。就減可了大半。西門慶心上一塊石頭。纔得放了下來。月娘聞得了。也不勝喜歡。又差琴童去請劉婆子的來。劉婆急波波的。一步高。一步低。走來。西門慶不信婆子的。只爲愛着官哥。也只得信了。那劉婆子。一徑走到廚房下去摸竈門。迎春笑道。這老媽。敢汗邪了。官哥倒不看。走到厨下去。摸竈門則甚的。劉婆道。小奴才。你曉得甚的。別要吊嘴說我老人家。一年也大你三百六十日哩。路上走來。又怕有些邪氣。故來灶門前走走。迎春把他做了個臉。聽李瓶兒叫。就同劉婆進房來。劉婆磕了頭。西門慶要分付玳安。稱銀子買東西。殺猪羊獻神。

走出房來劉婆便問道官哥好了麼李瓶兒道便是凶得緊請
你來商議劉婆道前日是我說了獻了五道將軍就好了如今
看他氣色還該謝謝三界土便好李瓶兒道方纔施灼龜說該
獻城隍老太劉婆道他賤一不着的曉得甚麼來這個原是驚
不如我收驚倒好李瓶兒道怎地收驚劉婆道迎春姐你去取
些米來舀一椀水來我做你看迎春取了米水來劉婆把一隻高
脚瓦鍾放米在裡面滿滿的袖中摸出舊綠絹頭來包了這鍾
米把手捏了向官哥頭面上下手足虛空運來運去的戰官哥
正睡着妳子道別要驚覺了他劉婆搖手低言道我曉得我曉
得運了一陣口裡唧噥噥的念不知是麼中間一兩句響些李
瓶兒聽得是念天驚地驚人驚鬼驚猫驚狗驚李瓶兒道孩子

敢是猫驚了起的。劉婆念畢。把絹兒抖開了。放鍾子在卓上。看
了一回。就從米搖實下的去處。撮兩粒米。投在水碗內。就曉得
病在月盡好。也是一個男傷兩個女傷。領他到東南方上去。只
是不該獻城隍。還該謝土。纔是那李瓶兒疑惑了一番。道我便
再去謝謝土也不妨。又叫迎春出來。對西門慶說。劉婆看水碗
說該謝土。左右今夜廟裡去不及了。留好東西明早志誠些去。
西門慶就叫玳安。把拜廟裡的東西及猪羊收拾好了。待明早
去罷。再買了謝土東西。炒米𦽁團。土筆土墨。放生麻雀鰍鱔之
類。無物不備。件色整齊。那劉婆在李瓶兒房裡。走進來到月娘
房裡坐了。月娘留他吃了夜飯。却說那錢痰火到來。坐在小廳
上。琴童與玳安。忙不迭的扶侍他謝土。那錢痰火吃了茶。先討

個意着。西門慶吽書童寫與他。那錢痰火就帶了雷閣板巾。依
舊着了法衣。仗劒執水。步罡起來。念淨壇呪。

呪曰

洞中玄虛。晃朗太元。八方威神。使我自然。靈寳符命。普告九
天乾羅荅那。洞罡太玄。斬妖縛邪。殺鬼萬千。中山神呪。元始
玉文。持誦一遍。却病延年。按行五嶽。八海知聞。魔王束手。侍
衛我軒。兇穢消散。道氣常存。云云

請祭主拈香。西門慶淨了手。漱了口。着了冠帶。帶了兕膝。孫雪
娥。孟玉樓。李嬌兒。桂姐都幫他着衣服。都嘖嘖的讚好。西門慶
走出來。拈香拜佛。安童背後。扯了衣服。好不冠冕氣象。錢痰火
見主人出來。念得加倍響些。那些婦人。便在屏風後。瞧着西門

慶。指着錢痰火。都做一團笑倒。西門慶聽見唉得慌。跪在神前。又不好發話。只顧把眼睛來打抹。書童就覺着了。把嘴來一㧽。那衆婦人便覺住了些。金蓮獨自後邊出來。只見轉一拐兒。驀見了陳經濟。就與他親嘴摸㚷。袖裡拏出一把果子與他。又問道你可要吃燒酒經濟道。多少用些也好。遂吃金蓮乘衆人忙的時分。扯到屋裡來。叫春梅閉了房門。連把鍾兒與他吃了。就說出去罷。恐人來。我便死也。經濟又待親嘴。金蓮道。砕短命。不怕婢子瞧科。便戲發訕。打了恁一下。那經濟就慌跳走出來。金蓮就叫春梅先走引了他出去了。正是雙手撥開生死路。一身跳出是非門。那時金蓮也就走外邊瞧了。不在話下。那西門慶拜了土地。跪了半晌。纔得起來。只做得開啟功德。錢痰火又將次拜懺。西門慶走到屏風後邊。對衆婦人道。別要嘻嘻的笑。引的我幾次忍不住了。衆婦人道那錢痰火是燒脣的火鬼。又不是道士的。帶了板巾。着了法衣。這赤巴巴沒廉耻的。嘞嘍嘍的臭涎唾。也不知倒了幾斛出來了。西門慶道敬神如神在。不要是這樣的寡薄嘴。調笑的他苦。錢痰火又請拜懺。西門慶走到毡單上。錢痰火通陳起頭。就念入懺科文。遂念起志心朝禮來。看他口邊涎唾。捲進捲出。一個頭。得上得下。好似磕頭蟲一般。笑得那些婦人做了一堆。西門慶那里趕得他拜來。那錢痰火拜一拜。是一個神君。西門慶拜一拜。他又拜過幾個神君了。于是也顧不得他。只管亂拜。那些婦人。笑得了不的。適值小玉出來。請李桂姐吃夜飯。說道大娘在那里冷清清。和大姐劉婆。二

個坐着講閑話。這里來這樣熱鬧得狠。嬌兒和桂姐。郎便走進
屋裡來。衆人都要進來。獨那潘金蓮。還要看後邊。看見都待進
來。只得進來了。吳月娘對大姐道。有心賽神。也放他志誠些。這
些風婆子。都擁出去。甚緊要的。有甚活獅子相咬。去看他。纔說
得完。李桂姐進來。陪了月娘大姐。三個吃夜飯。不題。却說那西
門慶。拜了滿身汗。走進裡面。脫了衣冠靴帶。就走入官哥床前。
摸着說道。我的兒。我與你謝土了。對李瓶兒道。好呀。你來摸他
額上就涼了許多。謝天謝天。李瓶兒笑道。可霎作怪。一從許了
謝土。就也好些。如今熱也可些。眼也不反看了。冷戰也住些了。
莫道是劉婆沒有意思。西門慶道。明日一發去完了廟裡的事
便好了。李瓶兒道。只是做爺的。吃了勞碌了。你且揩一揩身上。

吃夜飯去。西門慶道。這里恐諕了孩子。我別的去吃罷。走到金蓮那里來。坐在椅上。說道我兩個腰子。落出也似的痛了。金蓮笑道。這樣夯心。怎地痛起來。如今叫那個替你拜拜罷。西門慶道。有理有理。就叫春梅喚琴童。請陳姐夫替爺拜拜。送了紙馬。誰想那經濟。在金蓮房裡。灌了幾鍾酒出來。恐怕臉紅了。小厮們猜道出來。只得買了些淡酒。在舖子裡。又吃了幾杯。量原不濟。一霎地醉了。齁齁的睡着了。琴童那里叫得起來。一脚箭走來回覆西門慶道。睡在那里。再叫不起。西門慶便惱將起來。道可是個有槽道的。不要說一家的事。就是隣佑人家。還要看看。怎的就早睡了。就叫春梅來大娘房里。對大姐說。爺拜酸了腰子。請姐夫替拜送帋馬。問怎的再不肯來。只管睡着。大姐道。這樣沒長俊的。待我去叫他。徑走出房來。月娘就叫小玉。到鋪子裡。叫起經濟來。經濟揉一揉眼。走到後邊。見了大姐道。你怎的忙不迭的叫命。大姐道。叫你替爺拜土送馬去。方纔琴童來叫你不應。又來與我歪斯纏。如今娘叫小玉來叫你。好歹去拜拜罷麼。遂半推半攙的。擁了經濟到廳上。大姐便進房去了。小玉回覆了月娘。又回復了西門慶。西門慶分付琴童玳安等。伏侍錢痰火完了事。就睡在金蓮床上不題。却說那陳經濟。走到廳上。只見燈燭輝煌。纔得醒了。挣着眼。見錢痰火政收散花錢。遂與叙揖。痰火就待領羨飯。交琴童掌灯。到李瓶兒房首。迎春接香進去。遞與如意兒。替官哥呵了一呵。就遞出來。錢痰火裡神揑兒的念出來。到廳上。就待送馬。陳經濟拜了一回。錢痰火就送馬發檄。發了乾卦。說道檄向天門。一兩日就好的。縱有反覆沒甚事。就放生。燒紙馬。奠酒辭神。禮畢。那痰火口渴肚飢。也待要吃東西了。那玳安收家活進去了。琴童擺下卓子。就是陳經濟陪他散堂。錢痰火千百聲謝去了。經濟也進房去了。李瓶兒又差迎春送果子福物到大姐房里來。大姐謝了不題。却說劉婆在月娘房里。謝了出來。剛出大門。只見後邊錢痰火。提了燈籠醉醺醺的撞來。劉婆便道。錢師父。你們的散化錢可該送與我老人家麼。錢痰火道。那里是你本事。劉婆道。是我看水椀作成你老頭子。倒不識好歹哩。下次落我頭也不薦你了。錢痰火再三不肯。道你精油嘴。老淫婦。平白說嘴。你那里薦的我。我是舊王顧。那里說起。分散花錢。劉婆指罵道。餓殺你這賊火鬼。經來求我哩。兩個鬼混的。鬬口一場去了。不題。却説西門慶。次早起來。分付安童。跟隨上廟。挑猪羊的跳猪羊。拏冠帶的拏冠帶。徑到廟裡。慌得那些些道士。連忙鋪单讀疏。西門慶冠帶拜了。求了籤。交道士解説。道士接了籤。送茶畢。即便解説。籤是中吉。解云病者即愈。只防反覆。須宜保重些些。西門慶打發香錢歸來了。剛下馬進來。應伯爵正坐在捲棚的下。西門慶道。請坐。我進去來。遂走到李瓶兒房。説求籤如此如此。這般這般。徑走到捲棚下。對伯爵道。前日中人錢盛麼。你可該請我一請。伯爵笑道。謝子純也得了些些。怎的獨要我請。也罷。買些些東西。與哥子吃也罷。西門慶笑道。那個眞要吃你的。試你一試兒。伯爵便道。便是。你今日猪羊上廟。福物盛得十分的。小弟又在此。怎的不散福。西門慶道也說得有理喚琴童去請謝爹來同享一面分付廚下整理菜蔬出來與應二爹吃酒那應伯爵坐了只等謝希大到那得見來便道我們先坐了罷等不得這樣喬做作的西門慶就與應伯爵吃酒琴童歸來說謝爹不在家西門慶道怎去得恁久琴童道尋得要不的應伯爵遂行口令都是祈保官哥的意思西門慶不勝歡喜應伯爵道不住的來擾宅心上不安的緊明後日待小弟做個薄主約諸弟兄陪哥子一杯酒何如西門慶咲道賺得些〻中人錢又來撒漫了你別要費我有些〻猪羊剩的送與你湊樣數伯爵就謝了道只覺忒相知了些〻西門慶道唱的優兒都要你身上完備哩應伯爵道這卻不消說起只是没人伏侍怎的好西門慶道左右是弟兄各家人都使得的我

家琴童玳安。將就用用罷。應伯爵道。這却全副了。吃了一回。遂別去了。正是百年終日醉。也只三萬六千場。

畢竟不知如何。且聽下回分解。

第五十四回　應伯爵隔花戲金釧

任醫官垂帳診瓶兒

第五十四回

應伯爵郊園會諸友　任醫官豪家看病症

來日陰晴未可商　常言極樂起憂惶
浪遊年少耽紅陌　薄命嬌娥怨綠窗
乍入杏村沽美酒　還從橘井問奇方
人生多少悲歡事　幾度春風幾度霜

話說西門慶在金蓮房裡起身。分付琴童玳安。送猪蹄羊肉。到應二爹家去。兩個小廝。政送去時。應伯爵政邀客回來。見了就進房。帶邀。帶請的。寫一張回字。昨擾極。茲復承佳惠。謝謝。即刻屈吾兄過舍。同往郊外一樂。寫完了。走出來。將交與玳安。玳安道別要寫字去了。爹差我們兩個在這里伏侍。也不得去了。應伯爵笑道。怎好勞動你兩個親油嘴。折殺了你二爹哩。就把字來袖過了。玳安道。二爹。今日在那笪兒吃酒。我們把卓子也擺擺麽。還是灰塵的哩。伯爵道。好人呀。正待要抹抹。先擺在家裡吃了便飯。然後到郊園上去頑耍。琴童道。先在家裡吃飯。也倒有理。省得又到那里吃飯。徑把攢盒酒。小碟兒拿去罷。伯爵道你兩個倒也聰明。正合二爹的粗主意。想是日夜被人鑽掘。掘開了聰明孔哩。玳安道。別要講閑話。就與你收拾起來。伯爵道。這叫做接連三個觀音堂。妙妙妙。兩個安童。剛收拾得七八分。只見搖搖擺擺的走進門來。却是白來創。見了伯爵拱手。又見了琴童玳安。道。這兩個小親親。這等奉承你二爹。伯爵道。你莫待撚酸哩。笑了一番。白來創道。哥。請那幾客。伯爵道。只是弟兄幾個坐坐就當會茶。沒有別的新客。白來創道。這却妙了。小弟極怕的。是面沒相識的人同吃酒。今日我們弟兄輩小敘。倒也好吃酒頑耍。只是席上少不得娼的。和吳銘李惠兒彈唱彈唱。倒也好吃酒。伯爵道。不消分付。此人自然知趣。難道悶昏昏的。吃了一場便罷了。你幾曾見我是恁的來。白來創道。停當停當。還是你老幇襯。只是停會兒。少罰我的酒。因前夜吃了火酒。吃得多了。嗓子兒恠疼的。要不得。只吃些些茶飯粉湯兒罷。伯爵道。酒病酒藥醫。就吃些些何妨。我前日也有些些嗓子痛。吃了幾杯酒。倒也就好了。你不如依我這方絕妙。白來創道。哥你只會醫嗓子。可會醫肚子麼。伯爵道。你想是沒有用早飯。白來創道。也差不遠。伯爵道。怎麼處。就跑的進去了。拿一碟子乾糕。一碟子檀香餅。一壺茶出來。與白來創吃。那白來創。把檀香餅。一個一口。
都吃盡了。讚道這餅却好。伯爵道。糕亦頗通。白來創。就嗶嗶聲
都吃了。只見琴童玳安。收迭家活。一霎地明窓淨几。白來創道
收拾恁的整齊了。只是弟兄們還未齊早些些來多須須也得。怎
地只管縮在家裡。不知做甚的來。伯爵政望着外邊。只見常時
節。走進屋裡來。琴童政掇茶出來。常時節拱手畢。便瞧着琴童
道。是你在這里。琴童笑而不荅。吃茶畢。三人剛立起散走。白來
創看見橱上有一副棋枰。就對常時節道。我與你下一盤棋。常
時節道。我方走了。熱剩剩的。政待打開衣帶。搧搧扇子。又要下
棋也罷麽。待我胡亂下局罷。就取下棋枰來下棋。伯爵道。賭個
東道兒麽。白來創道。今日擾兄了。不如着入己的。倒也徑捷些些

兒。省得虛脾胃。吃又吃不成。倒不如入巳的有實惠。伯爵道。我
做主人不來。你們也着東道來湊湊麽。笑了一番。白來創道。如
今說了。着甚麽東西。還是銀子。常時節道。我不帶得銀子。只有
扇子在此。當得二三錢銀子起的。漫漫的贖了罷。白來創道。我
是贏別人的絨繡汗巾。在這里。也值許多。就着了罷。一齊交與
伯爵。伯爵看看。一個是詩畫的白竹金扇。却是舊做骨子。一個
是簇新的繡汗巾。說道。都值的。徑着了罷。伯爵把兩件拿了。兩
個就對局起來。琴童玳安。見家主不在。不任的走到椅子後邊。
來看下棋。伯爵道。小油嘴。有心央及你來再與我泡一甌茶來。
琴童就對玳安。暗暗裡做了一個鬼臉。走到後邊燒茶了。却說
白來創與常時節棋子原差不多。常時節略高些。白來創極會

反悔。政着時。只見白來創一塊棋子。漸漸的輸倒了。那常時節
瞎瞎决他要悔。那白來創果然要拆兇着子。一手撇去常時節
着的子。說道差了差了。不要這着。常時節道。哥子來。不好了。伯
爵奔出來、道、怎的。鬧起來。常時節道。他下了棋。差了三四着。後
又重待拆起來。不筭帳。哥做個明府。那里有這等率性的事。白
來創面色都紅了。太陽裡都是青筋綻起了。滿面涎唾的嚷道。
我也還不曾下。他又撲的一着了。我政待看個分明。他又把手
來影來影去。混帳得人眼花撩亂了。那一着方纔着下。手也不
曾放。又道我悔了。你斷一斷。怎的說我不是。伯爵道。這一着。便
將就着了。也還不叫悔。下次再莫待恁的了。常時節道便罷。且
容你悔了這着。後邊再不許你白來創我的子了。白來創笑道

你是常時節輸慣的。倒來說我。敢說話間。謝希大也到了。琴童
掇茶吃了。就道你們自去完了棋。待我看着。正看時。吳典恩也
正走到屋裏來了。都敘過寒溫。就問可着甚的來。伯爵把二物
與衆人看。都道既是這般。須着完了。白來創道。九阿哥。完了罷。
只管思量甚的。常時節政在審局。吳典恩與謝希大旁賭。希大
道。九弟勝了。吳典恩道。他輸了。恁地倒說勝了。賭一杯酒。常時
節道。看看區區叨勝了。白來創臉都紅了。道難道這把扇子是
送你的了。常時節道也差不多。于是塡完了官着。就數起來。白
來創看了五塊棋頭。常時節只得兩塊。白來創又該找還常時
節三個棋子。口裏道輸在這三着了。連忙數自家棋子。輸了五
個子。希大道。可是我決着了。指吳典恩道。記你一杯酒。停會一

准要吃還我。吳典恩笑而不答。伯爵就把扇子。併原梢汗巾。送與常時節。常時節把汗巾原袖了。將扇子拽開賣弄。品評詩畫。衆人都笑了一番。玳安外邊奔進來。報却是吳銀兒與韓金釧兒。兩個相牽相引。嬉笑進來了。深深的相見衆位。白來創意思還要下盤。却被衆人笑了。伯爵道。罷罷。等大哥一來。用了飯。就到郊園上去。着到幾時。莫要着了。于是琴童忙收棋子。都吃過茶。伯爵道。大哥此時也該來了。莫待弄宴了。須要不來。剛說時。西門慶來到。衣帽齊整。四個小廝跟隨。衆人都下席迎接。敘禮讓坐。兩個妓女。都磕了頭。吳銘李惠。都到來磕頭過了。伯爵就催琴童玳安。拿上八個靠山小碟兒。盛着十香瓜。五方荳豉醬。油浸的花椒釀醋。滴的苔菜。一碟糖蒜。一碟糟筍乾。一碟辣菜。

一碟醬的大通蕈。一碟香蕈。擺放停當。兩個小厮見西門慶坐地。加倍小心。比前越覺有些馬前健。伯爵見西門慶看他擺放家活。就道。虧了他兩個。收拾了許多事。替了二爹許多力氣。西門慶道。恐怕也伏侍不來。伯爵道。忒會了些。謝希大道。自古道强將手下無弱兵。畢竟經了他們。自然停當。那兩個小厮擺完小菜。就拿上大壺酒來。不住的拿上廿碗下飯菜。見蒜燒荔枝肉。葱白椒料檜皮煮的爛羊肉。燒魚燒雞酥鴨熟肚之類。說不得許多色樣。原來伯爵在各家吃轉來。都學了這些好烹庖了。所以色色俱精。無物不妙。衆人都拏起筯來。嗒嗒聲都吃了。幾大杯酒。就拿上飯來吃了。那韓金釧吃素。再不用葷。只吃小菜伯爵道。今日又不是初一月半。喬作衙甚的。當初有一個人。吃了一世素。死去見了閻羅王。說我吃了一世素。要討一個好人身。閻王道。那得知你吃不吃。且剖開肚子驗一驗。剖開時。只見一肚子涎唾。原來平日見人吃葷。嚥在那裡的。衆人笑得翻了。金釧道。這樣搗鬼。是那里來。可不怕地獄拔舌根麽。伯爵道。地獄裡只拔得小淫婦的舌根。道是他親嘴時。會活動哩。都笑一陣。伯爵道。我們到郊外去一遊何如。西門慶道。極妙了。衆人都說妙。伯爵就把兩個食盒。一罈酒。都央及玳安與各家人。擡在河下。喚一隻小舡。一齊下了。又喚一隻空舡載人。衆人逐一上舡。就撐到南門外三十里有餘。徑到劉太監庄前。伯爵叫灣了船。就上岍扶了韓金釧。吳銀兒。兩個上岍。西門慶問道。到那一家園上走走倒好。應伯爵道。就是劉太監園上也好。西門慶道

也罷。就是那笪也好。衆人都到那里。進入一處廳堂。又轉入曲廊深徑。茂林修竹。說不盡許多景致但見

翠栢森森。修篁簌簌。芳草平鋪青錦褥。垂楊細舞綠絲絛。曲砌重欄。萬種名花紛若綺。幽窓密牖。數聲嬌鳥弄如簧。眞同閬苑風光。不減清都景致。散淡高人。日涉之以成趣。往來游女。每樂此而忘疲。果屬奇觀。非因過譽。

西門慶携了韓金釧吳銀兒手。走往各處。飽玩一番。到一木香棚下。蔭凉的緊。兩邊又有老大長的石槐琴臺。恰好散坐的。衆人都坐了。伯爵就去交琴童兩個舡上人。拿起酒盒菜蔬風爐器皿等上來。都放在綠陰之下。先吃了茶。閑話起孫寡嘴祝麻子的事。常時節道。不然今日。也在這里。那里說起。西門慶道。也

是自作自受。伯爵道。我們坐了罷。白來創道。也用得着了。于是就擺列坐了。西門慶首席坐下。兩個妓女。就坐在西門慶身邊。吳銘李惠。立在太湖石邊。輕撥琵琶。漫擊檀板。唱一隻曲。名曰水仙子。

據着俺老母情。他則待祆廟火。刮刮匝匝烈焰生。將水面上鴛鴦。忒楞楞騰。生分開交頸。踈刺刺沙鞲雕鞍。撒了鎖鞓厮琅琅湯。偷香處喝號提鈴。支楞楞箏絃斷了。不續碧玉箏。咭叮叮璫。精甎上摔碎菱花鏡。撲通通苳井底墜銀瓶。

唱畢。又移酒到水池邊。鋪下毯單。都坐地了。傳盃弄盞。猜拳賽色。吃得恁地熱鬧。西門慶道。董嬌兒那個小淫婦。怎地不來。應伯爵道。昨日我自去約他。他說要送一個漢子出門。約午前來的。想必此時。曉得我們在這里頑耍。他一定赶來也。白來創道。這都是二哥的過。怎的不約實了他來。西門慶就向白來創耳邊說道我們與那花子賭了。只說過了日中。董嬌兒不來。各罰主人三大碗。白來創對應伯爵說了。伯爵道便罷。只是日中以前來了。要罰列位三大碗一個。賭便一時賭了。董嬌兒那得見來。伯爵慌的只管笑。白來創與謝希大。西門慶。兩個妓女。這般這般。都定了計。西門慶假意淨手起來。分付玳安。交他假意嚷將進來。只說董姑娘在外來了。如此如此。玳安曉得了。停一會時。伯爵正在遲疑。只見玳安慌不迭的。奔將來道董家姐姐來了。不知那里尋的來。那伯爵嚷道。樂殺我老太婆也。我說就來的。快把酒來。各請三碗一個。西門慶道。若是我們贏了。要你吃你怎的就肯吃。伯爵道。我若輸了。不肯吃。不是人了。衆人道。是便是了。你且去叫他進來。我們纔好吃。伯爵道。是了。好人口裡的言語呢。一走出去。東西南北。都看得眼花了。那得董嬌兒的覓靈。望空罵道。賊淫婦。在二爺面上這般的拔短梯。喬作衙哩。走進去。衆人都笑得了不的。擁住道。如今日中過了。要吃還我們三碗一個。伯爵道。都是小油嘴哄我。你們倒做實了我的酒了。怎的擺佈。西門慶不由分說。滿滿捧一碗酒。對伯爵道。方纔說的。不吃不是人了。伯爵接在手。謝希大接連又斟一椀來了。吃也吃不完。吳典恩又接手斟一大椀酒來了。慌得那伯爵了不的。嚷道不好了。嘔出來了。拏些小菜我過過便好。白來創倒取甜東西去。伯爵道。賊短命。不把酸的。倒把甜的來混帳。白來創笑道。那一椀就是酸的來了。左右鹹酸苦辣。都待嚐到罷了。且沒慌着。伯爵道。精油嘴。硶誇口得好。常時節又送一碗來了。伯爵只待奔開暫避。西門慶和兩個妓女。攤住了。那里得去。伯爵叫道。董嬌兒賊短命。小淫婦。害得老子好苦也。衆都笑做一堆。那白來創。又交玳安拿酒壺滿滿斟着。玳安把酒壺嘴支入椀內一寸許多。骨都都只管篩。那里肯住手。伯爵瞧着道。瘋客勸主人也罷。那賊小淫婦。慣打鬧鬧的。怎的把壺子都放在椀內了。看你一千年。我二爺也不擡掇你討老婆哩。韓金釧吳銀兒各人斟了一碗。送與應伯爵。伯爵道。我跪了殺雞罷。韓金釧道。都免禮。只請酒便了。吳銀兒道。怎的不向董家姐姐殺鷄。求他來了。伯爵道。休見笑了。也勾吃了。兩個一齊推酒到嘴邊。伯爵不好接一頭兩手各接了一椀。就吃完了。連忙吃了些〻小菜。一時面都通紅了。吽道我被你們弄了。酒便漫漫吃還好。怎的灌得悶不轉的。衆人只待斟酒。伯爵跪着西門慶道。還求大哥說個方便。饒恕小人窮性命。還要留他陪客。若一醉了。便不知天好日暗。一些〻典子也没有了。西門慶道。便罷。這兩椀一個。你且饒你姐們替你了罷。伯爵就起來謝道。一發斷免了罷。足見大恩。西門慶道也罷。就恕了你。只是方纔說我們不吃。不是個人。如今你漸有些〻没人氣了。伯爵道。我倒灌醉了。那淫婦不知那里歪斯纏去了。吳銀兒笑伯爵道。咳。怎的大老官人在這里。做東道須要。董嬌姐也不來來。伯爵假意道。他是上檯盤的名妓。倒是難請的。韓金釧兒道。他是趕勢利去了。成甚的行貨。吽他是名妓。伯爵道。我曉得你。想必有些吃醋的宿帳哩。西門慶認是蔡公子那夜的故事。把金釧一看。不在話下。那時伯爵。已是醉醺醺的。兩個妓女。又不是耐靜的。只管調唇弄舌。一句來。一句去。歪斯纏到吃得冷淡了。白來創對金釧道。你兩個唱個曲兒麼。吳銀兒道。也使得。讓金釧先唱。常時節道。我勝那白阿弟的扇子。倒是板骨的。倒也好打板。金釧道。借來打一打板。接去看看。道我倒少這把打板的扇子。不如作我贏的棋子。送與我罷。西門慶道。這倒好。常時節吃衆人攛掇不過。只得送與他了。金釧道。吳銀姐在這裡。我怎的好獨要。我與你猜色。那個色大的。拿了罷。常時節道。這却有理。就猜一色。是吳銀兒贏了。金釧就遞與銀兒了。常時節假冠冕道。這怎麽處。我還有一條汗巾。送與金釧姐。補了扇罷。遂送過去。金釧接了道。這却撒漫了。西門慶道。我可惜不曾帶得好川扇兒來。也賣富貴富。常時節道。這是打我一下了。那謝希大驀地嚷起來。道、我兇乎忘了。又是說起扇子來。交琱安斟了一大杯酒。送與吳典恩道。請完了旁賭的酒。吳典恩道。這罷了。停了兇時。纔想出來。他每的東西。都花費了。那在一杯酒。被謝希大逼勒不過。只得呷完了。那時金釧就唱一曲。名喚茶蘼香。

記得初相守。偶爾間因循成就。美滿效綢繆。花朝月夜同宴賞。佳節須酬。到今日一旦休。常言道好事天慳。美姻緣他娘間阻。生拆散鸞交鳳友。　坐想行思。傷懷感舊。辜負了星前月下深深呪。願不損。愁不煞。神天還祐。他有口不測相逢。話別離。情取一場消瘦。

唱畢。吳銀兒接唱一曲名青杏兒。

風雨替花愁。風雨過花也應休。勸君莫惜花前醉。今朝花謝。白了人頭。

乘興再三歐。揀溪山好處追遊。但教有酒身無事。有花也。無花也。好選甚春秋。

唱畢。李惠吳銘排立。謝希大道。還有這些伎藝。不曾做哩。只見彈的彈。吹的吹。琵琶簫管。又唱一隻小梁州。

門外紅塵滾滾飛。飛不到魚鳥清溪。綠陰高柳聽黃鸝。幽棲意。料俗客幾人知。

山林本是終焉計。用之行。舍之藏。兮悼後世。追前輩。五月五日。歌楚些弔湘纍。

唱畢。酒興將闌。那白來創尋見園廳上。架着一面小小花框羯

鼓。被他馱在湖山石後。又折一枝花來。要催花擊鼓。西門慶叫
李惠吳銘擊鼓。一個眼色。他兩個就曉得了。從石孔內瞧着。到
會吃的面前。鼓就住了。白來創道。畢竟賊油嘴。有些作弊。我自
去打鼓。也弄西門慶吃了兇杯。正吃得熱鬧。只見書童搶進來。
到西門慶身邊。附耳低言。道六娘身子。不好的緊。快請爹回來。
馬也備在門外接了。西門慶聽得。連忙走起告辭。那時酒都有
了。衆人都起身。伯爵道。哥。今日不曾奉酒。怎的好去。是這些耳
報法。極不好。便待留住。西門慶。以實情告訴他。就謝了上馬來。
伯爵又留衆人。一個韓金釧。霎眼挫不見了。伯爵躡足潛蹤尋
去。只見在湖山石下撒尿。露出一條紅線。抛却萬顆明珠。伯爵
在隔籬笆眼。把草戲他的牝口。韓金釧撒也撒不完。吃了一驚。

就立起。䙓腰都濕了。罵道。硶短命。恁尖酸的沒槽道。面都紅了。帶笑帶罵出來。伯爵與衆人說知。又笑了一畬。西門慶原留琴童與伯爵收拾家活。琴童收拾風爐食具下舡。都進城了。衆人謝了伯爵。各散去訖。伯爵打發兩隻舡錢。琴童送進家活。伯爵就打發琴童吃酒。都不在話下。却說西門慶來家。兩步做一步走。一直走進六娘房里。迎春道。俺娘了不得病。爹快看看他。走到床邊。只見李瓶兒。呻嚶的叫疼。却是胃脘作疼。西門慶聽他叫得苦楚。連忙道。快去請任醫官來看你。就叫迎春。喚書童寫帖。去請任太醫。迎春出去說了。書童隨寫侍生帖。去請任太醫了。西門慶擁了李瓶兒。坐在床上。李瓶兒道。恁的酒氣。西門慶道。是胃虛了。便厭着酒氣。又對迎春道。可曾吃些粥湯。迎春回道。今早至今。一粒米也沒有用。只吃了兩三甌湯兒。心口肚腹兩腰子。都疼得異樣的。西門慶攢着眉。皺着眼。歎了幾口氣。又問如意兒。官哥身子好了麼。如意兒道。昨夜還有頭熱。還要哭哩。西門慶道。恁的晦氣。娘兒兩個都病了。怎的好。留得娘的精神。還好去支持孩子哩。李瓶兒又叫疼起來了。西門慶道。且耐心着。太醫也就來了。待他看過脉。吃兩鍾藥。就好了的。迎春打掃房裡。抹淨卓椅。燒香點茶。又支持奶子。引鬧得官哥睡着。此時有更次了。外邊狗叫得不迭。却是琴童歸來。不一時。書童掌了燈。照着任太醫。四角方巾。大袖衣服。騎馬來了。進門坐在軒下。書童走進來說請了來了。坐在軒下了。西門慶道好了。快拿茶出去。玳安即便擬茶。跟西門慶出去迎接任太醫。太醫道。不知尊府。那一位看脉失候了。負罪實多。西門慶道。晝夜勞重。心切不安。萬惟垂諒。太醫着地打躬道不敢。吃了一鍾燻豆子撒的茶。就問看那一位尊恙西門慶道是第六個小妾。又換一鍾鹹櫻桃的茶。說了幾句閒話。玳安接鍾。西門慶道。裡面可曾收拾。你進去話聲。掌燈出來。照進去。玳安進到房裡去。話了一聲就掌燈出來回報。西門慶就起身打躬。邀太醫進房。太醫遇着一個門口。或是階頭上。或是轉灣去處。就打一個半喏的躬。渾身恭敬。滿口寒溫。走進房裡。只見沉烟繞金鼎。蘭火爇銀釭。錦帳重圍。玉鈎齊下。真是繁華深處。果然別一洞天。西門慶看了太醫的椅子。太醫道不消了。也答看了西門慶椅子。就坐下了。迎春便把繡褥來。襯起李瓶兒的手。又把錦帕來。擁了玉臂。又

把自巳袖口。籠着他纖指。從帳底下露出一段粉白的臂來與
太醫看脉。太醫澄心定氣。候得脉來。却是胃虛氣弱。血少肝筋
玉。心境不清。火在三焦。須要降火滋榮。就依書據理。與西門慶
說了。西門慶道。先生果然如見。實是這樣的。這個小妾。性子極
忍耐得。太醫道。政爲這個緣故。所以他肝筋原玉。人却不知他。
如今木尅了土。胃氣自弱了。氣那里得滿。血那里得生。水不能
載火。火都升上截來。胸膈作飽作疼。肚子也時常作疼。血虛了。
兩腰子渾身骨節裡頭。通作酸痛。飲食也吃不下了。可是這等
的。迎春道。正是這樣的。西門慶道。眞正任仙人了。貴道裡望聞
問切。如先生這樣明白脉理。不消問的。只管說出來了。也是小
妾有幸。太醫深打躬道。晚生曉得甚的。只是猜多了。西門慶道。

太謙遜了些。又問如今小妾。該用甚麽藥。太醫道。只是降火滋榮。火降了。這胸膈自然寬泰。血足了。腰脅自然不作疼了。不要認是外感。一些些也不是的。都是不足之症。又問道經事來得勻麽。迎春道。便是不得準。太醫道。幾時便來一次。迎春道。自從養了官官。還不見十分來。太醫道。元氣原弱。產後失調。遂致血虛了。不是壅積了。要用疏通藥。要逐漸吃些丸藥養他轉來纔好。不然。就要做牢了病。西門慶道。便是極看得明白。如今先求煎劑。救得目前痛苦。還要求些丸藥。太醫道。當得。晚生返舍。即便送來。沒事的。只要知此症。乃不足之症。其胸膈作痛。乃火痛。非外感也。其腰脅怪疼。乃血虛。非血滯也。吃了藥去。自然逐一好起來。不須焦躁得。西門慶謝不絕口。剛起身。出房。官哥又醒覺了。哭起來。太醫道。這位公子好聲音。西門慶道。便是也會生病。
不好得緊。連累小妾。日夜不得安枕。一路送出來了。卻說書童
對琴童道。我方纔去請他。他已早睡了。敲得半日門。纔有人出
來。那老子一路揉眼出來。上了馬。還打盹不住。我只愁突了下
來。琴童道。你是苦差使。我今日遊玩得了不的。又吃了一肚子
酒。政在閑話。玳安掌燈。跟西門慶送出太醫來。到軒下。太醫只
管走。西門慶道。請寬坐。再奉一茶。還要便飯點心。太醫搖頭道。
多謝盛情。不敢領了。一直走到出來。西門慶送上馬。就差書童
掌燈送去。別了太醫。飛的進去。交玳安拿一兩銀子。赶上隨去
討藥。直到任太醫家。太醫下了馬。對他兩個道。阿叔們。且坐着
吃茶。我去拿藥出來。玳安拿禮盒。送與太醫道。藥金請收了。太

醫道。我們是相知朋友。不敢受你老爺的禮。書童道。定求收了。纔好領藥。不然。我們藥也不好拿去。恐怕回家去。一定又要送來。空走脚步。不如作速收了。候的藥去便好。玳安道。無錢課不靈。定求收了。太醫只得收了。見藥金盛了。就進去簇起煎劑。連瓶內丸子藥。也倒了淺半瓶。兩個小厮。吃茶畢。裡面打發回帖出來。與玳安書童。徑開了門。兩個小厮回來。西門慶見了藥袋厚大的。說道。怎地許多。拆開看時。卻是丸藥也在裡面了。笑道有錢能使鬼推磨。方纔他說先送煎藥。如今都送了來。也好也好。看藥袋上。是寫着降火滋榮湯。水二鍾。姜不用。煎至捌分。食遠服。查再煎。忌食麩麪油膩炙煿等物。又打上世醫任氏藥室的印記。又一封筒大紅票簽。寫着加味地黄丸。西門慶把藥交迎春。先分付煎一帖起來。李瓶兒又吃了些湯。迎春把藥熬了。西門慶自家看藥。濾清了查出來。捧到李瓶兒床前。道六娘藥在此了。李瓶兒翻身轉來。不勝嬌顫。西門慶一手拿藥。一手扶着他頭頸。李瓶兒吃了叫苦。迎春就拿滚水來。過了口。西門慶吃了粥。洗了足。就伴李瓶兒睡了。迎春又燒些熱湯。護着。也連衣服假睡了。說也奇怪。吃了這藥。就有睡了。西門慶也熟睡去了。官哥只管要哭起來。如意兒恐怕哭醒了李瓶兒。把妳子來放他吃。後邊也寂寂的睡了。到次早西門慶將起身。問李瓶兒。昨夜覺好些兒麽。李瓶兒道。可霎作怪。吃了藥。不知怎地睡的熟了。今早心腹裡。都覺不十分怪疼了。學了昨晚。眞要死人也。西門慶笑道。謝天謝天。如今再煎他二鍾吃了。就全好了。迎春就煎起第二鍾來吃了。西門慶一個驚堄落向爪哇國去了。怎見得。有詩爲証。

西施時把翠蛾顰　幸有仙丹妙入神
信是藥醫不死病　果然佛度有緣人

畢竟未知如何。且聽下回分解。

第五十五回 西門慶兩番慶壽誕

苗員外一許賜哥童

第五十五回

西門慶東京慶壽旦　苗員外楊州送歌童

千歲蟠桃帶露摘　攜來黃閣祝期頤
八仙下降稱觴日　七鳳團花織錦時
六合五溪輸賀軸　四夷三島獻珍奇
羲和莫遣兩丸速　願壽中朝帝者師

却說任醫官。看了脉息。依舊到廳上坐下。西門慶便開言道。不知這病症。看得何如。沒的甚事麽。任醫官道。夫人這的病。原是產後不慎調理。因此得來。目下惡路不淨。面帶黃色。飲食也沒些要緊。走動便覺煩勞。依學生愚見。還該謹慎保重。大凡婦人產後。小兒痘後最難調理。畧有些差池。便種了病根。如今夫人

兩手脉息虛而不實。按之散大。却又軟不能自固。這病症。都只
爲火炎。肝脯土虛木旺。虛血妄行。若今番不治。他後邉一發了
不的了。說畢。西門慶道。如今該用甚藥纔好。任醫官道。只是用
些清火止血的藥。黄栢知毋爲君。其餘只是地黄黄芩之類。再
加减些吃下看住。就好了。西門慶听了。就吽書童封了一兩銀
子。送任一官做藥本。任一官作謝去了。不一時送將藥來。李瓶
兒屋里煎服。不在話下。且說西門慶送了任一官去回來。與應
伯爵坐地。想起東京蔡太師壽旦已近。先期曾差玳安往杭州
買辦龍袍錦繡。金花寶貝上壽禮物。俱已完備。即日要自往東
京拜賀。筭來日期已近。自山東來到東京。也有半個月日路程。
連夜收拾行李進發。剛剛正好。再遲不的了。便進房來。和月娘

說知如此這般。月娘道。這咱時不說。如今怎匆匆的。你擇定几時起身。西門慶道。明日起身也纔彀到哩。還得几個日頭。西門慶說畢。就走出外來分付。玳安書童畫童打點衣服行李。明日跟隨東京走一遭。四個小廝。各各收拾行李。不題。月娘便教小玉去請你各房娘。都來收拾你爹行李。當下只有李瓶兒一來有了孩子。二來服了藥。不出房來。其餘各房孟玉樓潘金蓮一齊都到走來的多動手。把皮廂涼廂。裝了蟒衣龍袍段匹。上壽等物。共有二十多扛。又整頓了應用冠帶衣服等件。一齊完了。晚夕三位娘子。擺設酒殽和西門慶送行。席上西門慶各人叮囑了几句。自進月娘房里宿歇。次日把二十扛行李。先打發出門。又發了一張通行馬牌。仰經過驛遞。起夫馬迎送。各各停當。

然后進李瓶兒房里來。看了官哥兒。與李瓶兒說了句話。教他好好調理。我不久便來家看你。那李瓶兒閣着淚道。路上小心保重。直送出所來。和月娘玉楼金蓮。打夥兒送出了大門。西門慶乘了凉轎。四個小厮騎了頭口。望東京進。發迤邐行來。却走了百里路程。那時日巳傍晚。西門慶分付駐劄。驛官厮見。送供應過了一宵。明日天早。西門慶催趲人馬。扛箱快行。一路看了些山明水秀。午牌時打中火又行。路上相遇的。無非各路文武官員。進京慶賀壽旦的。也有進生辰擔的。不計其数。又行了十來日。筭前途路巳不多。趲到劄劄凑巧。宿了一晚。又行勾两日。早到東京。進了萬壽城門。那時天色將晚。趕到龍德街牌楼底下。就投翟家屋裏去住歇。那翟管家聞知西門慶到了。忙的出來迎接。各叙寒暄吃了茶。西門慶叫玳安專管行李。一一交盤進了翟家裏來。翟謙交府幹收了。就擺酒。和西門慶洗塵。不一時。只見剔犀官卓上。列着幾十樣大菜。幾十樣小菜。都是珍羞美味。燕窩魚刺絕好下飯。只沒有龍肝鳳髓。其餘奇巧富麗便是蔡太師自家受用。也不過如此。當直的。拿着通天犀杯。斟上麻姑酒兒。遞與翟謙。接過滴了天。然後又斟上來把盞與西門慶。西門慶也回敬了。兩人坐下。糖菓熱碟按酒之物流水也似遞將上來。酒過兩巡。西門慶便對翟謙道。學生此來單為老太師慶壽。聊備些微禮。孝順太師。想不見却。只是學生。向有相攀的心。欲求親家預先稟過。但拜太師門下。做個乾生子。也不枉了一生一世。不知可以啓口帶攜的學生麼。翟謙道。這個有何

難哉我們主人雖是朝廷大臣却也極好奉承今日見了這般
盛禮自然還要陞選官爵不惟拜做乾子定然允哩西門慶听
說不勝之喜飲彀多時西門慶便推不吃酒罷翟管家道再請
一杯怎的不吃了西門慶道明日有正經事却不敢多飲再四
相勸只得又吃了一杯翟管家賞了隨從人酒食分付叫把牲
口牽到後槽去當下妝過了家活就請西門慶到後邊書房裏
安歇排下好描金暖床綾綃帳兒把銀鈎掛起露出一床好錦
被香噴噴的一班小廝扶侍西門慶脫衣脫襪上床獨宿孤眠
西門慶一生不慣那一晚好難捱過也巴到天明正待起身那
翟家門戶重掩着那里討水來淨臉直挨到巳牌時分纔有個
人把匙鑰一路開將出來隨后一個小廝拿着手巾一個捧着

銀面盆傾了香湯。進書房來西門慶梳洗完畢。戴上忠靖冠。穿着外盖衣服。一個在書房里坐。只見翟管家出來。和西門慶厮見了坐下。當直的托出一個朱紅合子。里邊有三十來樣美味。一把銀壺。斟上酒來。吃早飯。翟謙道。請用過早飯。學生先進府去。和主翁。說過。然后親家搬禮物進來。西門慶道。多勞費心。酒過數杯。就拏早飯來吃了。收過家活。翟管家道。且權坐一回。學生進府去。便來。翟家去。不多時。忙跑來家。向西門慶說。老爺正在書房梳洗。外邊滿朝文武官員。都各伺候拜壽。未得厮見哩。學生已對老爺說過了。如今先進去拜賀者。的泯襍學生也。隨後便到了。西門慶。不勝歡喜。便教跟隨人。拉同翟家。幾個伴當。先把那二十扛金銀段疋。擡到太師府前。一行人應聲去了。西

門慶。冠帶乘了轎來。只見亂哄哄的挨肩擦背。都是大小官員
來上壽的。西門慶遠遠望見一个官員也。乘着轎進龍德坊來。
西門慶仔細一認。倒是揚州苗員外。却不想苗員外。也望見西
門慶了。两個同下轎作揖。叙來寒溫。原來這苗員外。是第一個
財主。他身上也現做個散官之職。向來結交在蔡太師門下。那
時也來上壽。恰遇了故人當下两個怱匆匆。路次話了幾句。分
手而別。西門慶。來到太師府前但見。
堂開綠野彷彿雲霄閣起凌烟。依稀星斗門。前寛綽堪旋馬
閥閱巍峩好竪。旂錦綉叢中。風送到畫眉聲巧。金銀帷裏。日
映出琪樹花香旃檀香。截成梁棟醒酒。石滿砌階除左右玉
屏風一個個夷光紅拂滿堂羅。寶玩一件件周鼎商彝明。晃

晃懸掛着明珠十二。黑夜里何用燈油。貌堂堂招致得珠履三千。彈短鋏盡皆名士。憑地九州四海。大小官員。多來慶賀。就是六部尚書。三邊總督。無不低頭。正是除却萬年天子貴。

只有當朝宰相尊。

西門慶恭身進了大門。只見中門關着不開。官員都打從角門而入。西門慶便問。爲何今日大事。却不開大門。翟管家道。原來中門曾經官家行幸。因此人不敢打這門出入。西門慶和翟管家進了幾重門。門上都是武官把守。一些兒也不混亂。見了翟謙。一個個都欠身。問管家從何處來。翟管家答道。舍親打山東來拜壽老爺的。說罷。又走過幾座門。轉幾個灣。無非是画棟雕梁。金張甲第。隱隱听見鼓樂之聲。如在天上的一般。西門慶又問道這里民居隔絕那里來的鼓樂喧嚷翟管家道這是老爺教的女樂一班共二十四人也曉得天魔舞霓裳舞觀音舞凡老爺早膳中飯夜燕都是奏的如今想是早膳了西門慶听言未了又鼻子裏覺得異香馥馥樂聲一發近了翟管家道這里老爺書房將到了脚步兒放鬆些轉個廻廊只見一座大廳如寶殿仙宮廳前仙鶴孔雀種種珍禽又有那瓊花曇花佛桑花四時不謝開的閃閃爍爍應接不暇西門慶還未敢闖進交翟管家先進去了然后挨挨排排走到堂前堂上虎皮太師交椅上坐一个大猩紅蟒衣的是太師了屏風後列有四三十个美女一个个都是宮様粧束執巾執扇捧擁着他翟管家也站在一邊西門慶朝上拜了四拜蔡太師也起身就氈單上回了个

禮。這是初相見了。落后翟管家走近蔡太師耳邊。暗暗說了几句話下來。西門慶理會的是那話了。又朝上拜四拜。蔡太師便不答禮。這四拜是認乾爺了。因受了四拜。后來都以父子相稱。西門慶開言道。孩兒沒恁孝順爺爺。今日華誕。家里備的几件菲儀。聊表千里鵝毛之意。願老爺壽比南山。蔡太師道。這怎的生受。便請坐下。當直的拏了把椅子上來。西門慶朝上作了個揖道。告坐了。就西邊坐地吃茶。翟管家慌跑出門來。叫擡禮物的都進來。二十來扛禮物。揭開了涼箱蓋。呈上一个禮目。大紅蟒袍一套。官綠龍袍一套。漢錦二十疋。蜀錦二十疋。火浣布二十疋。西洋布二十疋。其余花素尺頭共四十疋。獅蠻玉帶一圍。金鑲奇南香帶一圍。玉杯犀杯各十對。赤金攢花爵杯八隻。明珠十顆。又梯巳黃金二伯兩。送上蔡太師做賛見的禮。蔡太師看了禮目。又瞧了抬上二十來扛。心下十分懽喜。連聲称多謝不迭。便教翟管家收進庫房去罷。一面分付擺酒欵待。西門慶因見忙冲冲。推事故辭別了蔡太師。太師道。既如此下午早早來罷。西門慶作个揖起身。蔡太師送了幾步。便不送了。西門慶依舊和翟管家同出府來。翟管家府內有事。也作別進去。西門慶竟囘到翟家來。脫下冠帶。又整的好飯吃了一頓。囘到書房打了个盹睡。恰好蔡太師差舍人邀請赴席。西門慶謝了些扇金着先去。隨后就來了。便重整冠帶。預先叫玳安封下許多賞封。做一拜匣盛了。跟隨着四個小厮。乘轎望太師府來不題。且說蔡太師。那日滿朝文武官員來慶賀的。各各請酒。自次日爲始。分做三停。第一是皇親內相第二日是尚書顯要衙門官員第三日是內外大小等戢。只有西門慶。一來遠客。二來送了許多禮物。蔡太師到十分歡喜他。因此就是正日。獨獨請他一个。見說請到了新乾子。西門慶忙走出軒下相迎西門慶再四謙遜。讓爺爺先行。自家屈着背。輕輕跨入檻內。蔡太師道。遠勞駕從。又損隆儀。今日畧坐。少表微忱。西門慶道。孩兒戴天履地。全頼爺爺洪福。些小敬意。何足掛懷。兩个喁喁咲語。真似父子一般。二十個美女。一齊奏樂府幹當直的。斟上酒來。蔡太師要與西門慶把盞。西門慶力辭不敢。只領的一盞。立飲而盡。隨即坐了筵席。西門慶教書童取過一隻黃金桃杯斟上一杯。滿滿走到蔡太師席前。雙膝跪下道。願爺爺千歲。蔡太師滿面歡喜道。

孩兒起來。接過便飲个完。西門慶纔起身。依舊坐下。那時相府華筵。珍奇萬狀。都不必說。西門慶直飲到黃昏時候。拿賞封賞了諸執役人。纔作謝告別道。爺爺貴冗。孩兒就此叩謝。后日不敢再來求見了。出了府門。仍到翟家安歇。次日要拜苗員外。着玳安跟尋了一日。却在皇城后。李太監房中住下。玳安拏着帖子通報了。苗員外來出迎道。學生一个兒坐着。正想个知心的朋友講講。恰好來湊巧。就留西門慶筵燕。西門慶推却不過。只得便住了。當下山餚海錯。不記其数。又有兩个歌童。生的眉清目秀。開喉音唱幾套曲兒。西門慶指着玳安琴童書童画童。向苗員外看着。那班蠢材。只顧吃酒飯。却怎地比的那兩个。苗員外咲道。只怕伏侍不的。老先生若愛時。就送上也何難。西門慶謙謝。不敢奪人之好。飲到更深別了苗員外。依舊來翟家歇。那晩日內相府管事的。各各請酒。留連了八九日。西門慶歸心如箭。便叫玳安收拾行李。那翟管家苦死留住。只得又吃了一夕酒。重叙姻親。極其眷恋。次日早起辞別。望山東而行。一路水宿風飡。不在話下。且說自從西門慶往東京慶壽。姊妹每眼巴巴望西門慶回來。多有懸掛。在屋里做些針指。通不出來間要。只有那潘金蓮打扮的如花似玉。嬌模喬樣。在丫鬟夥裏。或是猜枚。或是抹牌。說也有。咲也有。狂的通沒些成色。嘻嘻哈哈。也不顧人看見。只想着與陳經濟物搭。便心上亂亂的焦燥起來。多少長吁短嘆。托着腮兒。呆登登本待要等經濟回來。和他微些營生。又不道經濟每日在店里沒的閒。欲要自家出來尋着他又有許多了頭往來不方便。日里便似熬盤上蟻子一般。跑進跑出。再不坐在屋里。那一日正是風和日暖。那金蓮身邊帶着許多麝香合香。走到捲棚後面。只望着雪洞里。那經濟日在店里。那得脫身進來。望了一回不見。只得來到屋里。把筆在手。吟哦了几声。便寫一封書封着。吽春梅遞送與陳姊夫。經濟接着。拆開從頭一看。却不是書。一個曲兒。經濟看罷。慌的丟了買賣。跑到捲棚後面看。只見春梅回房去時。潘金蓮說了。不一時也跑到捲棚下。兩個遇着。就如餓眼見瓜皮一般。禁不的一身直鑽到經濟懷里來。捧着經濟臉一連親了幾個嘴。咂的舌頭一片声响道。你負心的短命賊囚。自從我和你在屋里。被小玉撞破了去後。如今一向都不得相會。這几日你爺爺上東京去了。

我一個兒坐炕上。淚汪汪只想着你。你難道耳根兒也不熱的。我仔細想來。你恁地薄情。便去着也索羅休。只到了其間。又丢你不的。常言痴心女子負心漢。只你也全不留些情。正在熱鬧間。不想那玉楼冷眼瞧破。忽然抬頭看見。順手一推險些兒經濟跌了一交。慌忙驚散不題。那日吳月娘孟玉楼李瓶兒同一處坐地。只見玳安慌慌的跑進門來。見月娘磕了個頭道。爹回來了。小的一路騎頭口拏着馬牌先行。因此先到家。爹這時節也差不上二十里遠近了。月娘道。你曾吃飯没有。玳安道。從早上吃來却不曾吃中飯。月娘便教玳安厨下吃飯去。又教整飯待大官人回來自和六房姊妹。同夥兒到所上迎接。正是

詩人老去鶯鶯在　公子歸時燕燕忙

四人閑話多時。却早西門慶到門前下轎了。衆妻妾一齊相迎進去。西門慶先和月娘厮見畢。然后孟玉楼。李瓶兒。潘金蓮。依次見了西門慶。和六房妻小。各叙寒温。落后書童琴童画童也來磕了六房的頭。自去厨下吃飯。西門慶把路上辛苦。并到翟家住下。明日蔡太師厚情。與内相日日吃酒事情。備細說了一遍。因問李瓶兒孩子。這幾時好麽。你身子怎地調理。吃的任医官藥。有些應驗麽。我雖則往東京。一心只吊不下家事哩。店里又不知怎樣。因此急忙回來。李瓶兒道。孩子也没甚事。我身子吃藥后。畧覺好些。月娘一面教衆人收好行李。及蔡太師送的下程。一面做飯與西門慶吃。到晚又設酒和西門慶接風。西門慶晚就在月娘房裏歇了兩夜。是久旱逢甘雨。他鄉遇故知。懽愛之情。多不必說。次日陳經濟和大姐來厮見了。說了些〻店里的帳目。應伯爵和常時節打听的大官人來家。都來望西門慶出門厮見畢。兩個一齊說哥哥一路辛苦。西門慶便把東京富麗的事情。及太師管待情分。備細說了一遍。兩人只顧称羡不已。當日西門慶留二人吃了一日酒。常時節臨起身。向西門慶道。小弟有一事相求。不知哥可照顧麽。說着只是低了臉。半含半吐。西門慶道。但說不妨。常時節道。實為住的房子不方便。待要尋間房子安身。却没有銀子。因此要求哥周濟些〻兒。日后少不的加些〻利錢。送還哥哥。西門慶道。相處中說甚利錢。我如今忙忙地。那討銀子。且待到韓夥計貨船來家。自有个處。說罷。常時節應伯爵作謝去了。不在話下。且說苗員外。自與西門慶相會。在太師府前便請了一席酒。席上又把兩个歌童許下了。那一日西門慶歸心如箭。却不曾作別的他。竟自歸來了。員外還道西門慶在京。伴當來翟家問着。那翟家說三日前西門大官家去了。伴當回話苗員外纔曉的。却不道君子一言快馬一鞭不送去也罷。不和我合着氣。只后邊說不的話了。便叫過兩个歌童分付道。我前日請山東西門大官。席上把你兩个許下他如今他離東京回家去了。我目下就要送你們過去。你們早收拾包褁。待我稍下書打發你們。那兩个歌童。一齊陪告道。小的每伏侍的員外多年了。却為何今日閃的小的們不好。又不知西門大官性格怎地。今日還要員外做主。員外道你們却不曉的。西門大官家里。豪富潑天。金銀廣布。身居着右班左職。現在

蔡太師門下做个乾兒子。就是内相朝官。那个不與他心腹往
來。家里開着两个綾段鋪。如今又要開个標行。近的利錢也委
的無数。况兼他性格温柔。吟風弄月。家里養个七八十个着頭。
那一个不穿綾着袄。後房里擺着五六房娘子。那一个不插珠
挂金。那些小優們戲子們。个个借他錢鈔。服他差使。平康巷青
水巷。這些角伎。人人受他恩惠。這也不消説的。只是咱前日酒
席之中。已把小的子許下他了。如今終不成改个口哩。那歌童
又説道。員外這几年上不知費盡多少心力。教的俺們彈唱哩。
如今才曉得些絃索。却不留下自家歡樂。怎地到送與別人快
話。説罷不覺地撲簌簌哩吊下淚來。那員外也覺慘然不樂。説
道。小的子你也説的是。咱也何苦定要是這等。只是人而無信。

不知其可也。那孔聖人說的話。怎麽違得。如今也由不得你。待咱修書一封。差个伴當送你去。敎他把隻眼兒好生看覷你們。你到那邊快活。也强似在我這里一般。就叫那門管先生寫着一封通侯的八行書信。後面又寫那相送歌童。求他親目的話兒。又寫个禮单兒。把些尺頭書帕。做个通問的禮兒。差了苗秀苗實齋。擎書信。護送兩个歌童。一霎時拴上了頭口。帶了被囊行李。直到山東西門慶家來。那兩個歌童當時忍不住腮邊淚滴。又是主命難違。只得揷燭也似磕了幾個頭。謝辭了員外。番身上馬。迤邐行來。見那青山環馬首。綠水繞行鞭。酒帘深樹里。草舍落霞前。止爲那邊行雲歌声。絕代不覺的辭恩主跋涉風烟。這兩个思鄉念主。把那些檀板風流。陽春白雪兒。多總却這兩個怍投急趲。止思量早完公事披星帶月的夜忘眠。正是朝爲苗府清哥客。暮作西門侑酒人。遠遠望見綠樹林中。挂着一個望子。那歌童道。哥走了這一日了。肚里有些飢了。且吃盃酒兒去。只見四个人兒滚鞍下馬。走入店中。那招牌上面寫的好說。神仙留玉佩。卿相解金貂。真个是好酒店也。四人坐下喚顧買。打上兩角酒來。擺个葱兒蒜兒大賣肉兒。荳腐菜兒。鋪上幾碟。正待舒懷暢飲。忽地嘿回頭看時。止見粉壁上飛白字。寫着兩行說道。千里不爲遠。十年歸未遲。總在乾坤內。何須嘆別離。正對着兩个歌童眼兒。不覺的賣藥有病的了。動人心處撲簌簌流下兩行淚來。說道。哥我們隨着員外。指望一帶兒到底。誰想酒席中間。一言兩句。竟把我們送與別人。人離鄉賤。未知去後若何。那苗秀苗實。把好言知慰了一番。吃了飯上馬。又走四个生口。十六个蹄兒。端的是走的好不多几个日頭。就到東平洲。清河縣地面。四人拴了生口。下馬訪問端的。一直地竟到紫石街。西門慶家府裡投下。却說那西門慶。自從東京到家。每日忙不迭送禮的。請酒的。日日三朋四友。既要與大娘兒接風。又要與各房兒繾綣。朝朝殢雨尤雲。以此不曾到衙門里去走。連那告驚的帖兒。也不曾消的。那日清閒無事。且到衙門里升堂。画卯。把那些解到的人犯。也有姦情的。鬥毆的。賭賻的。竊盜的一一重問一番。又把那些投到文書。一一押到日僉押了一會。乘了一乘凉轎。几个牢子喝道了簇擁來家。只見那苗秀苗實。與那两个歌童。巳是候的久了。就跟着西門慶的轎子。隨到前廳。雙膝跪下。禀說小的是楊州苗員外。有書拜候老爺。磕个頭起在一邊。那西門慶舉个手。說着起來。就把苗員外別來的行徑。寒暄的套語。問了一會。就叫書童。把那銀剪子。剪開護封。拆了內函封袋。打開副啓。細細看時。只見那苗秀苗實。依先跪下。奉過那許多禮物。說道。這是俺員外一點孝心。求老爹俯納。西門慶喜之不勝。連忙叫玳安。收起禮物。請起苗秀苗實。說道。我與千里相逢。不想就蒙員外情投意合。十分相愛。就把歌童相許。那時酒中說話。咱也忘却多時。因爲那歸的怍促。不曾叩府辭別。正在想着。不意一諾千金。遠蒙員外記憶。我記得那古人交誼。止有那范張結契。千里相從。古今以爲美談。如今你們那个員外。委的也是難的。稱長道好。細細又感謝了一番。只見那两个歌童。逼新走過。又磕几个頭說道。員外着小的們伏侍老爺。萬求老爺親目。西門慶見两个兒。生得清秀。真真嬌嬌媚媚。雖不是两節穿衣的婦人。却勝似那唇紅齒白的妮子。懽天喜地。就請四位管家。前厛茶飯。一面整辦厚禮。綾羅細軟。修書答謝員外。一面收拾房間。就吽两个歌童。在于書房伺候着。只見那應伯爵諸人。聞此事知此事。逼來探望。西門慶就吽祗安。里邊討出菜蔬頁飯點心小酒。擺着八仙卓兒。就與諸人燕飲。就吽两个歌童前來唱。只見捧着檀板。拽起歌。唱一个。

新水令　小園昨夜放江梅。另一番動人風味。梨花迎咲臉。楊柳姤腰圍。試問荼蘼開到海棠未。

駐馬聽　野徑疎籬。陣陣香風來燕子。小園幽砌。紛紛晴雨過

林西。芳心不與蝶潛知。暗香未許蜂先覺。闌遍倚不知多少

傷心處。

雁兒落帶得勝令　我則見碧陰陰西施鎖翠。紅點點鷓鴣拋

珠泪。舞仙仙砑。光帽帽簪。虛飄飄花谷楼前墜。尚兀是芳氣。

襲人衣。艷質易沾泥。落處魚驚。飛來蝶欲迷。尋思憑誰寄還

悲。花源未可期

那西門慶點着頭道。果然唱得好。那兩个歌童打个半跪兒。跪

將下告道。小的們還學得些小詞兒。一發歌與老爹听。西門慶

說道這却更好。便教歌詞。

試裂齊紈　施鉛槧　爰畫春妝　草淺淺細鋪平野　散

騎黃犢　一卷殘書牛背穩　數聲短笛烟光綠　想按畫

題詠　賦新詞　勞心曲
文章妙傳芸局　音調促偕絲竹　倚清歌追和　陽春難
續　一代風流誇好事　可堪膾炙人爭錄　羨先生想像
賦高唐情詞足

又

畫出耕圖　郊原外東阡西陌　町疃曲　羣山環翠　岸
塍聯絡　綠遍田疇多黍稌　麥旆纂纂蠶盈箔　彷彿有
溪小繞柴門山如削　扶藜杖　徑丘壑　穿林藪　聽猿
鶴　子耕耘　前妻饁服　勞耕作喬木陰森　流甜憩處餔
然捫腹　舒雙　羨先生想像詠豳風　村田樂
寫就冊青　新畫好　溪山環繞　隱隱遍沙汀水岸　綠

蘋紅蓼　一泒秋光連浦溆　短蓑篛笠　烟波渺　看此
時釋得羚鮮鱗　鲈魚小　漁唱起　飛鴻杳　江月白
歸雲少　倚蓬窓　試覓舊盟鷗鳥　借問志㦒當日事
何如此際心情悄　羨先生想像詠滄浪　起塵表

又

四野雲垂　冰花醉平鋪茅屋紅炉暖　妻煨山芋自斟醲
酥　課僕採薪外戶　呼兒引鶴　翻平阯　攬此景寫入
画局中娛心目　鍾貴富天之祿愳盛滿吾之欲　聘妍奇
攄寫好詞盈軸　愧我倡酬才思澁　輸他文采㦒閑熟
羨先生想像樂桑榆顏如玉
果然是声遏行雲。歌成白雪。引的那後邊娘子們。哭月娘。孟玉樓潘金蓮李瓶兒都來听着十分懽喜齊道唱的好只見潘金蓮在人叢裡雙眼直射那兩个歌童口里暗暗低言道這兩个小厮子不但唱的好就他容貌也標致的緊心下便已有几分喜他了當下西門慶打發兩个歌童東廂房安下一面叫擺飯與苗秀苗實吃一面整頓禮物回書答謝苗員外畢竟未知何如且听下回分解

金瓶梅

第五十六回

西門慶捐金助朋友

常山館得金傷妻完

第五十六回

西門慶周濟常時節　應伯爵舉荐水秀才

手積黃金侈素封　蘧蘧莊蝶夢魂中
曾聞郿鄔光難駐　不道銅山運可窮
此日分籯推鮑子　當年沉水笑龐公
悠悠末路誰知己　惟有夫君尚古風

這八句单説人生世上。榮華富貴。不能常守。有朝無常到來。恁地堆金積玉。出落空手歸陰。因此西門慶仗義疎財。救人貧難。人人都是贊嘆他的。這也不在話下。當日西門慶留下兩箇歌童衹候着。遇有呼喚。不得有遠。兩人應諾去了。隨即打發苗家人回書禮物。又賞了些銀錢。苗實苗秀。磕頭謝了出門。後來兩個歌童。西門慶畢竟用他不着。都送太師府去了。正是千金散盡教歌舞。留與他人樂少年。却說常時節自那日席上求了西門慶的事情。還不得個到手。房主又日夜催逬了不的。恰遇西門慶自從在東京來家。今日也接風。明日也接風。一連過了十來日。只不得個會面。常言道見面情難盡。一個不見却告訴誰。每日央了應伯爵只走到大官人門首。問聲說不在。就空回了。回家又被渾家埋怨道。你也是男子漢大丈夫。房子沒間住。吃這般懊惱氣。你平日只認的西門大官。今日求些周濟也做了瓶落水。說的常時節有口無言。呆登登不敢做聲。到了明日。早起身尋了應伯爵。來到一個酒店內。只見小小茅簷兒。靠着一灣流水。門前綠樹陰中。露出酒望子來。五七個火家。搬酒搬肉不住的走。店裡橫着一張櫃檯。掛幾樣鮮魚鵝鴨之類。到潔淨可坐。便請伯爵店裡吃三盃去。伯爵道這却不當生受。常時節拉了到店裡坐下。量酒打上酒來。擺下一盤薰肉。一盤鮮魚。酒過兩巡。常時節道。小弟向求哥。和西門大官人說的事情。這幾日通不能勾會。房子又催逆的緊。昨晚被房下聒絮了半夜。耐不的五更抽身。專求哥趁早大官人還沒出門時。慢慢地候他不知哥意下如何。應伯爵道。受人之托。必當終人之事。我今日好歹要大官人助你些就是了。兩個又吃過幾盃。應伯爵便推早酒不吃罷。常時節又勸一盃。筭還酒錢。一同出門。逕進西門慶屋裡來。那時正是新秋時候。金風荐爽。西門慶連醉了幾日。覺精神減了幾分。正遇周內相請酒。便推事故不去。自在花園

藏春塢遊玩。原來西門慶后園。那藏春塢有的是菓樹鮮花兒
四季不絕。這時雖是新秋。不知開着多少花朵在園裡。西門慶
無事在家。只是和吳月娘。孟玉樓。潘金蓮。李瓶兒。五個在花園
裡頑耍。只見西門慶頭戴着忠靖冠。身穿柳綠緯羅直身。粉頭
靴兒。月娘上穿柳綠杭絹。對衿襖兒。淺藍水紬裙子。金紅鳳頭
高底鞋兒。孟玉樓上穿鴉青段子襖兒。鵝黃紬裙子。桃紅素羅
羊皮金滚口高底鞋兒。潘金蓮上穿着銀紅縐紗。白絹裏對衿
衫子。荳綠沿邊金紅心比甲兒。白杭絹畫拖裙子。粉紅花羅高
底鞋兒。只有李瓶兒上穿素青杭絹大衿襖兒。月白熟絹裙子。
淺藍玄羅高底鞋兒。四個妖妖嬈嬈。伴着西門慶尋花問柳。好
不快活。且說常時節和應伯爵來到廳上問知大官人在屋裡。

懽的坐着等了好半日。却不見出來。只見門外書童和畫童兩個。擡着一隻箱子。都是綾絹衣服。氣吁吁走進門來。亂嚷道。等了這半日。還只得一半。就廳上歇下。應伯爵便問。你爹在那裡。書童道。爹在園裡頑耍哩。伯爵道。勞你說聲。兩個依舊擡着進去了。不一時書童出來道。爹請應二爹。常二叔少待。便出來。兩人坐着等了一回。西門慶纔走出來。二人作了揖。便請坐地。伯爵道。連日哥吃酒忙。不得些空。今日却怎的在家裡。西門慶道。自從那日別後。整日被人家請去飲酒。醉的了不的。通沒些精神。今日又有人請酒。我只推有事不去。伯爵道。方纔那一箱衣服。是那裡擡來的。西門慶道。這目下交了秋。大家都要添些秋衣。方纔一箱是你大嫂子的。還做不完。纔勾一半哩。常時節伸着舌道。六房嫂子。就六箱了。好不費事。小戶人家。一疋布也難的。恁做着許多綾絹衣服。哥果是財主哩。西門慶和。應伯爵都笑起來。伯爵道。這兩日杭州貨船。怎地還不見到。不知他買賣貨物何如。前日哥許下李三黃四的銀子。哥許他待門外徐四銀到手。湊放與他罷。西門慶道。貨船不知在那里擔閣着。書也没稍封寄來。好生放不下。李三黃四的。我也只得依你了。應伯爵挨到身邊坐下。乘間便說常二哥。那一日在哥席上。求的事情。一向哥又没没的空。不曾說的。常二哥被房主催逬慌了。每日被嫂子埋怨。二哥只麻做一團。没個理會。如今又是秋涼了。身上皮襖兒。又當在典舖哩。哥若有好心。常言道救人須救時無省的他嫂子。日夜在屋裡絮絮叨叨。況且尋的房子住着了。人

走動。也只是哥的體面。因此常二哥央小弟。特地來求哥。早些
周濟他罷。西門慶道。我當先曾許下他來。因為東京去了這番。
費的銀子多了。本待等韓夥計到家。和他理會要房子時。我就
替他兌銀子買。如今又恁地要緊。伯爵道。不是常二哥要緊。當
不的他嫂子聒絮。只得來求哥。早些便好。西門慶躊躕了半晌道。
既這等也不難。且問你要多少房子纔勾住了。伯爵道。他兩口
兒。也得一間門面一間客坐。一間床房。一間厨灶。四間房子是
少不得的。論着價銀。也得三四個多銀子。哥只早晚湊些交他
成就了這樁事罷。西門慶道。今日先把幾兩碎銀與他拏去。買
件衣服。辦些家活。盤攪過來。待尋下房子。我自兌銀與你成交
可好麼。兩個一齊謝道。難得哥好心。西門慶便叫書童去。對你

大娘說皮匣内一包碎銀。取了出來。書童應諾去了。不一時取了一包銀子出來。遞與西門慶。西門慶對常時節道。這一包碎銀。是那日東京太師府。賞封剩下的十二兩。你拿去好襍用。打開與常時節看。都是三五錢一塊的零碎紋銀。常時節接過放在衣袖裡。就作揖謝了。西門慶道。我這幾日不是要遲你。只等你尋下房子。一攬果和你交易。你又沒曾尋的。如今即忙便尋下。待我有銀。一起兌去便了。常時節又稱謝不迭。三個依舊坐下。伯爵便道。幾個古人。輕財好施。到後來子孫高大門閭。把祖宗基業一發增的多了。慳吝的積下許多金寶。後來子孫不好。連祖宗墳土也不保。可知天道好還哩。西門慶道。兀那東西是好動不喜靜的。曾肯埋沒在一處。也是天生應人用的。一個人

堆積就有一個人缺少了。因此積下財寶。極有罪的。有詩為証

積玉堆金始稱懷　誰知財寶禍根荄
一文愛惜如膏血　仗義翻將笑作呆
親友人人同陌路　存形心死定堪哀
料他也有無常日　空手傳伶到夜臺

正說着。只見書童托出飯來。三人吃了。常時節作謝起身。袖着銀子。懽的走到家來。剛剛進門。只見那渾家鬧炒炒。嚷將出來。罵道。梧桐葉落滿身光棍的。行貨子。出去一日。把老婆餓在家裡。尚兀是千懽萬喜到家來。可不害羞哩。房子沒的住。受別人許多酸嘔氣。只教老婆耳聠裡受用。那常二只是不開口。任老婆罵的完了。輕輕把袖裡銀子。摸將出來。放在桌兒上。打開瞧

着道。孔方兄孔方兄。我瞧你光閃閃。响噹噹的無價之寶。滿身通麻了。恨沒口水嚥你下去。你早些來時。不受這淫婦幾場合氣了。那婦人明明看見包里。十二三兩銀子。一堆喜的搶近前來。就想要在老公手裡奪去。常二道。你生世要罵漢子。見了銀子。就來親近哩。我明日把銀子去買些衣服穿好。自去別處過活。却再不和你鬼混了。那婦人陪着笑臉道。我的哥端的此是那里來的。這些銀子。常二也不做聲。婦人又問道。我的哥。難道你便怨了我。我只是要你成家。今番有了銀子。和你商量停當。買房子安身。却不好。到恁地喬張智。我做老婆的。不曾有失花兒。憑你怨我。也是枉了。常二也不開口。那婦人只顧饒舌。又見常二不揪不採。自家也有幾分慚愧了。禁不的吊下淚來。常二看了嘆口氣道。婦人家不耕不織。把老公恁地發作。那婦人一發吊下淚來。兩個人都閉着口。又沒個人勸解。悶悶的坐着。常二尋思道。婦人家也是難做。受了辛苦埋怨人也怪他不的。我今日有了銀子。不採他。人就道我薄情。便大官人知道。也須斷我不是。就對那婦人笑道。我自要你。誰怪你來。只你時常聒噪。我只得忍着出門去了。却誰怨你來。我明白和你說。這銀子原是早上耐你不的。特地請了應二哥。在酒店裡吃了三盃。一同往大官人宅裡等候。恰好大官人正在家。沒曾去吃酒。多虧了應二哥。不知費許多唇舌。纔得這些銀子到手。還許我尋下房子。一頓對銀與我成交哩。這十二兩是先教我盤攪過日子的。那婦人道。原來正是大官人與你的。如今又不要花費開了。尋件衣服過冬。省的耐冷。常二道。我正要和你商量。十二兩紋銀買幾件衣服。辦幾件家活。在家裡。等有了新房子。搬進去也好看些。只是感不盡大官人恁好情。後日搬了房子。也索請他坐坐是婦人道。且到那時再作理會。正是惟有感恩并積恨。萬年千載不生塵。常二與婦人兩個說了一回。那婦人道。你那里吃飯來沒有。常二道。也是大官人屋裡吃來的。你沒曾吃飯。就拿銀子買了米來。婦人道。仔細拴着銀子。我等你就來。常二取栲栳望街上便走。不一時買了米。栲栳上又放着一大塊羊肉兒。笑哈哈跑進門來。那婦人迎門接住道。這塊羊肉。又買他做甚。常二笑道。剛纔說了許多辛苦。不爭這一些羊肉。就牛也該宰幾個請你。那婦人笑指着常二罵道。狠心的賊。今日便懷恨在心。看你怎的奈何了我。常二一道只怕有一日。叫我一萬聲親哥。饒我小淫婦罷。我也只不饒你哩試試手段看。那婦人聽說。笑的走井邊打水去了。當下婦人做了飯切了一碗羊肉。擺在卓兒上。便叫哥吃飯。常二一道。我纔在大官人屋裡吃的飯。不要吃了。你餓的慌。自吃些罷。那婦人便一個自吃了。收了家活。打發常二去買衣服。常二袖着銀子。一直奔到大街上來。看了幾家。都不中意只買了一領青杭絹女襖。一條綠紬裙子。月白雲紬衫兒紅綾襖子兒。白紬子裙兒。共五件。自家也對身。買了件鵝黃綾襖子。丁香色紬直身兒又有幾件布草衣服。共用去六兩五錢銀子。打做一包。背着來到家中。教婦人打開看看。那婦人忙打開來瞧着。便問多少銀子買的。常二一道。六兩五錢銀子買來。婦人道。雖沒的便宜。却直這些銀子。一面收拾箱籠放好。明日去買家活。當日婦人懽天喜地過了一日。埋怨的話都吊在東洋大海去了。不在話下。再表應伯爵和西門慶兩個。自打發常時節出門。依舊在廳上坐的。西門慶因說起。我雖是個武職恁的一個門面。京城內外也交結的許多官員。近日又拜在太師門下。那些通問的書柬。流水也是往來。我又不得細工夫。多不得了理。我一心要尋個先生們在屋裡。好教他寫寫。省些力氣也好。只沒個有才學的人。你看有時。便對我說。我須尋間空房與他住下。每年算還幾兩束脩與他養家。却也要是你心腹之友便好。伯爵道。哥不說不知。你若要別樣却有。要這個到難。怎的要這個到沒。第一要才學。第二就要人品了。又要好相處。

沒些說是說非。翻唇弄舌。這就好了。若只是平平才學。又做慣
搗鬼的。怎用的他。小弟只有祖父相處一個朋友。生下來的孫
子。他現是本州一個秀才。應舉過幾次。只不得中。他胸中才學。
果然班馬之上。就是他人品。也孔孟之流。他和小弟通家兄弟。
極有情分的。曾記他十年前應舉兩道策。那一科試官。極口贊
他好。却不想又有一個賽過他的。便不中了。後來連走了幾科
不中。禁不的髮白鬢斑。如今他雖是飄零書劍。家裡也還有一
百畝田。三四帶房子。整的潔淨住着。西門慶道。他家幾口兒也
勾用了。却怎的肯來人家坐館。應伯爵道。當先有的田房。都被
那些大戶人家買去了。如今只剩得雙手皮哩。西門慶道。原來
是賣過的田。算甚麼數。伯爵道。這果是算不的數了。只他一個

渾家。年紀只好二十左右。生的十分美貌。又有兩個孩子。纔三四歲。西門慶道。他家有了美貌渾家。那肯出來。伯爵道。喜的是兩年前。渾家專要偷漢。跟了個人上東京去了。兩個孩子。又出痘死了。如今止存他一口。定然肯出來。西門慶笑道。恁地說的他好。都是鬼混。你且說他姓甚麼。伯爵道。姓水。他才學果然無比。哥若用他時。管情書柬詩詞歌賦。一件件增上哥的光輝哩。人看了時。都道西門大官。恁地才學哩。西門慶道。你纔說這兩椿。都是吊慌。我却不信你的吊慌。你有記的他些書柬兒。念來我聽看好時。我便請他來家。撥間房子住下。只一口兒也好看承的。尋個好日子。便請他也罷。伯爵道。曾記得他稍書來。要我替他尋個主兒。這一封書。略記的幾句。念與哥聽。黃鶯兒。

書寄應哥前別來思不待言滿門兒托賴都康建舍字在邉傍立着官有時一定求方便羡如椽往來言疏落笔起雲烟

西門慶聽畢呵呵大笑將起來道他滿心正經要你和他尋個王子却怎的不稍封書來到寫着一隻曲兒又做的不好可知道他才學荒疎人品散彈哩伯爵道這到不要作准他只為他與我是三世之交小弟兩三歲時節他也纔勾四五歲那時就同吃糖糕餅果之類也没些兒爭論後來大家長大了上學堂讀書寫字先生也道應二學生子和水學生子一般的聰明伶俐後來已定長進落後做文字一樣同做再没些妬忌日裡同行同坐夜裡有時也同一處歇到了戴網子尚兀是相厚的因此是一個人一般極好兄弟故此不拘形迹便隨意寫個曲兒

我一見了。也有幾分着惱。後想一想。他自托相知。纔敢如此。就不惱罷了。況且那隻曲兒也到做的有趣。哥却看不出來。第一句。說書寄應哥前。是啓口。就如人家寫某人見字一般。却不好哩。第二句。說別來思。不待言。這是敘寒温了。簡而文。又不好哩。第三句。是滿門兒托賴都康健。這是說他家沒事故了。後來一發好的緊了。西門慶道。第五句是甚麼說話。伯爵道。哥不知道。這正是拆白道字。尤人所難。舍字在邊旁立着官字。不是個館字。若有館時。千萬要舉荐。因此說有時定要求方便。羨如椽。他說自家一筆如椽。做人家往來的書跡。筆兒落下去。其烟滿紙。因此說落筆起雲烟。哥你看他詞裡。有一個字兒是閑話麼。只這幾句。穩穩把心窩里事。都寫在紙上。可不好哩。西門慶被伯爵說了他恁地好處。到沒的說了。只得對伯爵道。你旣說他許多好處。且問你有甚正經的書札。拏些我看看。我就請了他。伯爵道。他做的詞賦。也有在我處。只是不曾帶得來哥看。我還記的他一篇文字。做得甚好。就念與哥聽着。

一戴頭巾心甚懽。豈知今日悞儒冠。別人戴你三五載。徧戀我頭三十年。要戴烏紗求閣下。做篇詩句別尊前。此番非是吾情薄。白髮臨期太不堪。今秋若不登高第。踹碎冤家學種田。

維歲在大比之期。時到揭曉之候。訴我心事。告汝頭巾。爲你青雲利器望榮身。誰知今日白髮盈頭戀故人。嗟乎。憶我初戴頭巾。青青子襟。承汝枉顧。昂昂氣忻。旣不許我少年早發

又不許我久屈待俟。上無公卿大夫之職。下非農工商賈之
民。年年居白屋。日日走黌門。宗師案臨。膽怯心驚。上司迎接。
東走西奔。思量爲你。一世驚驚嚇嚇。受了若干辛苦。一年四
季。零零碎碎。被人賴了多少束修銀。告狀助貧。分穀五斗。祭
下領支肉半斤。官府見了。不覺怒嗔。皁快通稱。盡道廣文。東
京路上。陪人幾次。兩齋學霸。惟吾獨尊。你看我兩隻皁靴穿
到底。一領藍衫剩布筋。埋頭有年。說不盡艱難悽楚。出身何
日。空歷過冷淡酸辛。賺盡英雄。一生不得文章力。未沾恩命。
數載猶懷霄漢心。嗟乎哀哉。哀此頭巾。看他形狀。其實可矜。
後直前橫。你是何物。七穿八洞。眞是禍根。嗚呼。冲霄鳥兮未
垂翅。化龍魚兮已失鱗。豈不聞久不飛兮一飛登雲。久不鳴

兮一鳴驚人。早求你脫胎換骨。非是我棄舊憐新。斯文名器。想是通神。從茲長別。方感洪恩。短詞薄奠。庶其來歆。理極數窮。不勝具懇。就此拜別。早早請行。

伯爵念罷西門慶拍手大笑道。應二哥。把這樣才學就做了班揚了。伯爵道。他人品比才學又高。如今且說他人品罷。西門慶道。你且說來。伯爵道。前年他在一個李侍郎府裏坐館。那李家有幾十個丫頭。一個個都是美貌俊俏的。又有幾個伏侍的小廝。也一個個都標致龍陽的。那水秀才連任了四五年。再不起一些邪念。後來不想被幾個壞事的丫頭小廝。見是一個聖人一般。反去日夜括他。那水秀才又極好慈悲的人。便口軟勾搭上了。因此被主人逐出門來。鬨動街坊。人人都說他無行。其實水秀才原是坐懷不亂的。若哥請他來家。憑你許多丫頭小廝。同眠同宿。你看水秀才亂麽。再不亂的。西門慶道。他既前番被主人趕了出門。一定有些不停當哩。二哥雖與我相厚。那樁事不敢領教。前日敝僚友倪桂岩老先生。曾說他有個姓温的秀才。且待他來時再處。畢竟未知何如。且聽下回分解

第五十七回　開緣簿千金喜捨

虛闌檻一笑回嗔

第五十七回

道長老募修永福寺　薛姑子勸捨陀羅經

本性員明道自通　番身跳出網羅中
修成禪那非容易　煉就無生豈俗同
清濁兇畨隨運轉　闢門数仭任西東
逍遥萬億年無計　一點神光永注空

話說那山東。東平府地方。向來有個永福禪寺。起建自梁武帝。普通二年。開山是那萬廻老祖。怎麼叫做萬廻老祖。因那老師父七八歲的時節。有個哥兒。從軍邊上。音信不通。不知生死。因此上那老娘兒。思想那大的孩兒。掉不下的心腸。時常在家啼哭。忽一日那孩子問着毋親。說道娘這等清平世界。孩兒們又

没的打攪你。頓頓兒小米飯兒咱家也儘挨的過。恁地哩你時
時弔下泪來。娘你說與咱。咱也好分憂哩。那老娘兒就說。小孩
子你還不知道。老人家的苦哩。自從你老頭兒去世。你大哥兒
到邊上去做了長官。四五年地信兒也不捎一個來家不知他
死生存亡。敎我老人家怎生弔的下。說了又哭起來。那孩子說
早是這等。有何難哉。娘如今哥在那裏。咱做弟郎的早晚闖走
去。抓着哥兒。討個信來回覆你老人家。却不是好。那婆婆一頭
哭。一頭笑起來。說道怪呆子。說起你哥。在恁地。若是那一百二
百里程途。便可去的。直在那遼東地面去。此一萬餘里。就是那
好漢子。也走得要不的。直要四五個月。纔到哩。笑你孩兒家怎
麽去的。那孩子就說嗄。若是果在遼東。也終不在個天上。我去

去尋哥兒就回也。只見把靸鞋兒繫好了。把直裰兒整一整。望着婆兒拜個揖。一溜烟去了。那婆婆叫之不應。追之不及。愈添愁悶也有隣舍街坊婆兒婦女捱肩捕背。拏湯送水。說長道短。前來解勸。也有說的是的。說道孩兒門怎去的遠。早晚間却回也。因此婆婆也收着兩眶眼泪悶悶的坐地。看看紅日西沉。東隣西舍一個個燒湯煮飯。一個上榻閉門。那婆婆探頭探腦。那兩隻眼珠兒一直向外。恨不的趕將上去。只見遠遠的望見那黑魆魆影兒頭有一個小的兒來也。那婆婆就說。靠天靠地。靠着日月三光。若得俺小的子兒來也也不負了俺修齋吃素的念頭。只見那萬廻老祖。一忽地跪到跟前。說娘你還未睡炕哩咱已到遼東抓着哥兒討的平安家信來也。婆婆笑道。孩兒你

不去的正好兒。教你老人家挂心。只是不要弔着謊哄着老娘
那里有一萬里路程。朝暮往還的。孩兒道娘你不信不信麼。一
直里卸下衣包取出平安家信。果然是那哥兒手筆。又取出一
件汗衫帶回漿洗的。也是那個婆婆親手縫紉的。毫厘不差。因
此哄動了街坊。叫做萬回。日後捨俗出家。就叫做萬回長老。果
然是道德高妙。神通廣大。曾在那後趙皇帝。石虎跟前。吞下兩
升鐵針兒。又在那梁武皇殿下。在頭頂上取出舍利三顆。因此
勑建那永福禪寺。做那萬回老祖的香火院。正不知費了多錢
糧。正是

神僧出世神通大　聖主尊隆聖澤深

不想那歲月如梭。時移事改。只見那萬迴老祖歸天圓寂。那些

得皮得肉的上人們。一個個多化去了。只見有個儱頼的和尚。撒頼了百丈清規。養婆兒吃燒酒。咱事兒不弄出來。打哄了燒苦惣。咱勾當兒不做却被那些潑皮頼虎。常常作酒撈錢抵當。不過一會兒把袈裟也當了。鍾兒磬兒多典了。殿上一椽兒賣了沒人要的。燒了磚兒瓦兒換酒吃了。弄得那雨淋風刮佛像兒倒了荒荒凉凉。燒香的也不來了。主顧門徒。做道場的荐亡。的。多是鬧大王賣荳腐兜兒也沒的上門了。一片鍾鼓道場。忽變做荒烟衰草驀地里。三四十年。那一個扶衰起廢。原來那寺里有個道長老。原是西印度國出身。因慕中國清華。發心要到上方行脚。打從那流沙河星宿海。滙兒水地方走了八九個年頭。纔到中華區處。迤邐來到山東地方。卓錫在這個破寺院裏

面面壁九年不言不語真個是

佛法原無文字障　工夫好向定中尋

忽一日發個念頭說道呀這寺院兒珊塌的這模樣了你看這些蠢頭村腦的秃厮止會吃酒噇飯把這古佛道場弄得赤白白地豈不可惜那一個尋得一磚半瓦重整家風常記的古人說得好人傑地靈事到今日咱不做主那個做主咱不出頭那個出頭兒且前日山東有個西門大官官居錦衣之職他家私巨萬富比王侯家中那一件没有前日餞送宋西廉御史曾在咱這裏擺設酒席他因見咱這裏寺宇傾頹就有個舍錢布施鼎建重新的意思咱那時口雖不言心窩里已有下幾分了今日呵若得那個檀越爲主作倡管情早晚鬧把咱好事成就也

咱須辦自家去走一遭當時間喚起法子徒孫打起鐘敲起鼓
舉集大衆上堂宣揚此意那長老怎生打扮只見

身上禪衣猩血染　雙环掛耳是黃金
手中錫杖光如鏡　百八胡珠耀日明
開覺明路現金繩　提起凡夫夢亦醒
龐眉紺髮銅鈴眼　道是西天老聖僧

那長老宣揚已畢。就教行者。拏過文房四寶。磨起龍香劑飽揩鬚筆展開。烏絲欄。寫着一篇疏文。先叙那始末根由。後勸人捨財作福。寫的行行端正。字字清新。好長老。眞個是古佛菩薩現身。從此辭了大衆。着上了禪鞋。戴上個斗蓬笠子。一壁廂直逩到西門慶家府里來。且說西門慶辭別了。應伯爵轉到後廳。直到捲棚下卸了衣服。走到吳月娘房內。把那應伯爵荐水秀才的事體。說了一番。就說道咱前日東京去的時節。多虧那些親朋齊來。與咱把盞。如今少不的也要整辦些兒小酒。回答他們今日空閒。沒件事體。就把這事兒完了也罷。當下就叫了玳安拿了籃兒到十市街坊。買下些時鮮菓品猪羊魚肉。奄臘雞鵞嗄飯之類。分付了。當就分付小廝。分頭去請各位。一面拉着月娘。一同走到李瓶兒房裏。來看官哥。李瓶兒笑嘻嘻的。接住了月娘西門慶。西門慶道。娘兒來看孩子哩。李瓶兒就叫奶子。抱出官哥。見眉目稀疎。就如粉塊裝成一般。笑欣欣直攢到月娘懷里來。月娘把手接着抱起道。我的兒恁地乖覺。長大來定是聰明伶俐的。又向那孩子說。兒長大起來。恁地奉養老娘哩。那李瓶兒就說。娘説那里話。假饒兒子長成。討的一官半職。也先向上頭封贈起。娘那鳳冠霞帔。穩穩兒先到娘哩。好生奉養老人家。西門慶接口便說。兒你長大來。還挣箇文官。不要學你家老子。做箇西班出身。雖有興頭。却没十分尊重。正說着。不想那潘金蓮。正在外边聽見。不覺的怒從心上起。就罵道沒廉耻弄虛脾的臭娼根。偏你會養兒子哩。也不曾經過三箇黄梅。四箇夏至。又不曾長成十五六歲。出幼過關。上學堂讀書。還是水的泡。與閻羅王合養在這裡的。怎見的就做官。就封贈那老夫人。我那惟賊囚根子。沒廉耻的貨。怎地就見的要他做箇文官。不要像你正在嘮嘮叨叨。喃喃洞洞一頭罵。一頭着惱的時節。只見那玳安走將進來。叫聲五娘。說道爹在那裡。潘金蓮便罵怪尖嘴的賊囚根子。那个曉的你什麽爹在那裡。爹怎的到我這屋裡來。他自有五花官誥的太奶奶。老封婆、八珍五鼎奉養、他的在那裡那裡問着我討、那玳安就曉的不是路了。說是了。望六娘房裡便走。走到房門前打个咳嗽。朝着西門慶道。應二爹在所上。西門慶道。應二爹緫送的他去。又做甚。玳安道、爹。自家出去便知。西門慶只得撇了月娘李瓶兒。仍到那捲棚下面。穿了衣服。走到外边迎接伯爵。正要動問間。只見那募緣的來。長老巳到西門慶門首了。高聲叫阿彌陀佛。這是西門老爹門首。麽。那箇掌事的管家。與吾傳報一聲說道。扶桂子、保蘭孫、求福有福。求壽有壽。東京募緣的長老求見。原來西門慶。平日原是一箇潵漫好使錢的漢子。又是新得官哥、心下十分歡喜。也要

幹些好事保佑孩兒小酌也通曉得。並不嗔道作難、一壁廂進
報西門慶。西門慶就說且教他進來看。只見管家的。三步那來
兩步走。就如見了活佛的一般。慌忙請了長老。那長老。進到花
廳裡面。打了箇問訊說道。貧僧出身。西印度國行脚。到東京汴
梁。卓錫在永福禪寺。面壁九年。頗傳心印。止為那殿宇傾頹。琳
宮倒塌。貧僧想的起來。為佛弟子自然應的。為佛出力。總不然
償到那箇身上去。因此上貧僧發了這個念頭。前日老檀越餞、
行各位老爹的時。悲憐本寺廢壞。也有個良心美腹。要和。本寺
作主。那時諸佛菩薩。已作證盟。貧僧記的佛經上說的好。如有
世間善男子。善女人。以金錢喜捨。莊嚴佛像者。主得桂子蘭孫。
端嚴美貌。日後早登科甲。蔭子封妻之報。故此特叩高門。不拘

五百一千。要求老檀那開疏發心。成就善果。就把錦帕展開。取
出那募緣疏簿。双手遞上。不想那一席話兒早已把西門慶的
心兒打動了。不覔的歡天喜地接了疏簿。就叫小廝看茶。揭開
疏簿。只見寫道。伏以白馬馱經。開象教竺。騰衍法啓。宗門大地
衆生無不皈依佛祖。三千世界盡皆蘭若裝嚴。看此尾礫。傾頹
成甚名山勝境。若不慈悲喜捨。何稱佛子欵人。今有永福禪寺
古佛道塲。焚修福地。啓建自梁武皇帝。開山是萬廻祖師。規制
恢弘。彷佛那給孤園黃金鋪地。雕鏤精製。依希似祇洹舍白玉
爲堦。高閣摩空。旃檀氣直接九霄。雲表層基亘地。大雄殿可容
千衆禪僧。两翼嵬峩。盡是琳宮紺宇。廊房潔浄。果然精勝洞天。
那時鍾鼓宣揚。盡道是寰中佛國。只這緇流濟楚。却也像塵界

人。天那知。歲久年深。一瞬地時移事。異莽和尚。縱酒撒潑。首壞清規。歆道人。懶惰貪眠。不行打掃。漸成寂莫。斷絕門徒。以致凄凉。罕稀瞻仰。蕪以烏鼠穿蝕。那堪風雨漂搖。棟宇摧頹。一而二二而三。支撑摩計。墻垣坍塌。日復日。年復年。振起無人。朱紅標槅。拾來煨酒煨茶。合抱梁檻。拿去換鹽換米。風吹羅漢金消盡。雨打彌陀化作塵。吁嗟乎。金碧焜炫一旦爲灌莽榛荆。雖然有成有敗。終須否極泰來。幸而有道長老之虔誠。不忍見梵王宮之費敗。發大弘願。遍叩檀那。伏願咸起慈悲。盡興惻隱。梁柱椽楹。不拘大小喜捨。到高題姓字。銀錢布幣。豈論豐羸。投櫃日疏簿標名。仰仗着佛祖威靈。福祿壽永永。百年千載。倚靠他伽藍明鏡。父。子孫。個個原祿高官。瓜瓞綿綿森挺。三槐五桂門庭奕奕煌煌金埒錢山。凡所營求吉祥如意。疏文到日。各破慳心。謹疏。

看畢。西門慶就把册葉兒妝好粧入那錦套裹頭。把揷銷兒銷着錦帶兒拴着。恭恭敬敬放在卓兒上面。叉手面言。對長老說。實不相瞞。在下雖不成個人家。也有幾萬產業。忝居武職。交遊世輩儘有。不想偌大年紀。未曾生下兒子。房下們也有五六房。只是放心不下。有意做些善果。去年第六房賤累生下孩子。咱萬事已是足了。偶因餞送俺友。得到上方。因見廟宇傾頹。有個捨才助建的念頭。蒙老師下顧。西門慶那敢推辭。拏着免毫妙筆。正在躊躇之際。那應伯爵就說哥。你既有這片好心。為姪兒發愿何不一力獨成。也是小可的事體。西門慶拏着筆。哈哈哩嘆道。力薄力薄。伯爵又道。極少也助一千。西門慶又哈哈地笑道。力薄力薄。那長老就開口說道。老檀越在上。不是貧僧多口。止是我們佛家的行徑。多要隨緣喜捨。終不强人所難。隨分但憑老爹發心便是。此外親友。更求檀越吹噓吹噓。西門慶又說道。還是老師體亮。少也不成。就寫上五百兩。閣了兎毫筆。那長老打個問訊謝了。西門慶之說。我這里內官太監。府縣倉巡。一個個多與我相好的。我明日就拿疏薄去。要他們寫。寫的來就不拘三百二百。一百五十。管教與老師成就這件好事。當日留了長老素齋相送出門。正是慈悲作豪家事。保福消灾父母心

又有一首詞。单道那有施主的事體。

佛法無多止在心　種瓜種果是根因

珠和玉珀寶和珍　誰人挐得見閻君
積善之人貧也好　豪家積業枉拋銀
若使年齡身可買　董卓還應活到今

却說西門慶送了長老。轉到廳上。與應伯爵坐地。道哥。我正要差人請你。你來的正好。我前日因往西京。多虧衆親友們。與咱把個盞兒。今日分付小的買辦。你家大嫂。安排小酒。與衆人回答。要哥在此相陪。不想遇着這個長老。鬼混了一會兒。那伯爵就說道。好個長老。想是果然有德行的。他說話中間。連咱也心動起來做了施主。西門慶說道。二哥你又幾曾做施主來的。疏簿又是幾時寫的。應伯爵咲道。咦。難道。我出口的不是施主不成。哥你也不曾見佛經過來。佛經上第一重的是心施。第二法施。第三才是財施。難道我從傍攛掇的。不當個心施的不成。西門慶又笑道。二哥又怕你有口無心哩。兩人拍手大笑。應伯爵就說。小弟在此等待客來。哥有正事。自與嫂子商議去來。只見西門慶別了伯爵。轉到內院裏頭。只見那潘金蓮咋咋唔唔。沒揪沒採。不覺的睡魔纏擾。打了幾個噴嚏。走到房中。倒在象牙牀上。一忽地睡去了。那李瓶兒又爲孩子啼哭。自與那奶子丫鬟在房中坐地看官哥嬉笑。只有那吳月娘與孫雪娥。兩個伴當。在那里整辦嗄飯。西門慶走到面前坐地。就把那道長老募緣與那自已開疏的事。備細對月娘說了一番。又把那應伯爵要笑打覷的說話。也說了一番。懽天喜地。大家嘻笑了一會。只見那吳月娘。畢竟是個正經的人。不慌不忙。不思不想。說下幾句話兒到是西門慶頂門上針。正是妻賢每致雞鳴警。款語常聞藥石言。畢竟那說話怎麼講。月娘說道。哥你天大的造化生下孩兒。你又發起善念廣結良緣。豈不是俺一家兒的福分。只是那善念頭他怕不多。那惡念頭怕他不盡。哥你日後那沒來回。沒正經養婆兒。沒搭煞貪財好色的事體。少幹幾樁兒也好。攢下些陰功與那小的子也好。西門慶呸。娘你的醋話兒又來了。却不道天地尚有陰陽。男女自然配合。今生偷情的。苟合的。多都是前生分定。姻緣簿上註名。今生了還。難道是生剌剌攙攙胡扯歪斯纏做的。咱聞那佛祖。西天也止不過要黃金鋪地。陰司十殿。也要些楮鏹營求。咱只消儘這家私。廣爲善事。就使强姦了常娥。和姦了織女。拐了許飛瓊。盜了西王母的女兒。也不藏我潑天富貴。月娘咲道。咲哥狗吃熱屎。原道是個香甜的。生血弔在牙兒內。怎生改得。正在咲間。只見那王姑子。同了薛姑子。提一個合子。直闖進來。飛也似朝月娘道個萬福。又向西門慶拜了拜說。老爹你到在家里。我自前日別了。因為有些些小事。不得空。不曾來看得你老人家。心子裏吊不下。今日同這薛姑子來看你。原來這薛姑子。不是從幼出家的。少年間曾嫁丈夫在廣成寺前居住。賣蒸餅兒生理。不料生意淺薄。那薛姑子就有些些不尷不尬。專一與那些些寺里的和尚行童。調嘴弄舌。眉來眼去。說長說短。弄的那些些和尚們的懷中。個個是硬幫幫的。乘那丈夫出去了。茶前酒後。早與那和尚們刮上了。四五六个。也常有那火燒波波饅頭栗子。拿來進奉他。又有那付應錢。與他買花開地獄的布。送與他做裹脚。他丈夫那里曉得。以後丈夫得病死了。他因佛門情熟。這等就做了個姑子。專一在些士夫人家往來。包攬經讖。又有那些不長進。要偷漢子的婦人。叫他牽引。和尚進門。他就做個馬八六兒。多得錢鈔。闘的那西門慶家里豪富。見他侍妾多。思想拐些用度。因此頻頻往來。那西門慶也不曉的。三姑六婆。人家最忌出入。正是

當年行經是窠兒。和尚闍黎鋪。中間打扮念弥陀。開戶兒就說西方路。尺布裹頭顱。身穿直裰。繫個黃縧。早晚揑門傍戶。騙金銀猶是可心窩裏。畢竟胡塗。算來不是好姑姑。幾个清名被點污。

又有一隻歌兒道得好。

尼姑生來頭皮光。拖子和尚夜夜忙。三个光頭。好像師父師

兒幷師弟。只是鐃鈸緣何在里床。
那薛姑子坐就把那個小合兒揭開說道。咱們沒有甚麽孝順孥得施主人家。幾個供佛的菓子兒。權當献新。月娘道。要來竟來來便了。何苦要你費心。只見那潘金蓮聽覺。听得外邊有人說話。又認是前番光景。便走向前來听看。見那李瓶兒在房中弄孩子。因曉得王姑子在此。也要與他商議。保佑官哥。同到月娘房中。大家道個萬福。各各坐地。西門慶因見李瓶兒。不曾曉的。又把那道長老募緣。與那自家開疏捨財。替官哥永福的事情。重新又說一番。不想道惱了潘金蓮。抽身竟走。喃喃噥噥。一溜烟竟自去了。只見那薛姑子。站將起來。合掌着手。叫聲佛阿。老爹你這等樣好心作福。怕不的壽年千歲。五男二女。七子團圓。只是我還有一件說與你老人家。這個因果費甚麼多。更自獲福無量。俺老檀越。你若幹了這件功德。就是那老瞿曇雪山修道。迦葉尊散髮鋪地。二祖可投崖飼虎。給孤老滿地黃金。也比不的你功德哩。西門慶咲道。姑姑且坐下。細說甚麼功果。我便依你。那薛姑子就說我們佛祖留下一卷陀羅經。專一勸人法西方净土的。佛說那三禪天。四禪天。切利天。兜率天。大羅天。不周天。急切不能即到。唯有西方極樂世界。這是阿弥陀佛出身所在。没有那春夏秋冬。也没有那風寒暑熱。常常如三春時候。融和天氣。也没有夫婦男女。其人生在七寶池中。金蓮臺上西門慶道。那一朶蓮花有兇多大。生在上邉。一陣風擺。怕不骨碌碌吊在池里麽。薛姑子道。老爹你還不曉的。我依那經上說

佛家以五百里爲一由旬。那一朶蓮花好生利害。大的緊大的
緊大的五百由旬寶衣隨願至玉食自天來又有那些好鳥和
鳴。如笙簧一般。委的好個境界。因爲那肉眼凡夫。不知去向。不
生尊信。故此佛祖演說此經。勸人專心念佛。竟往西方。見了阿
弥陀佛。自此一世二世。以至百千萬世。永永不落輪廻。那佛祖
說的好。如有人持頌此經。或將此經印刷抄寫。轉勸一人。至千
萬人持誦。獲福無量。况且此經裏面。又有獲諸童子經呪。凡有
人家生育男女。必要從此發心。方得易長易養。灾去福來。如今
這付經板現在。只沒人印刷施行。老爹你只消破些工料。印上
幾千卷。裝釘完成。普施十方。那個功德。眞是大的。西門慶道。
也不難。只不知這一卷經。要多少紙札。多少裝釘工夫。多少印

刷。有個細数纔好動彈。薛姑子又道。老爹你一發呆了。說那里話去。細細筭將起來。止消先付九兩銀子。交付那經坊裏。要他印造幾千幾萬卷。裝釘完滿。以後一攬果筭還他。工食帋札錢兒就是了。却怎地要細細筭將出來。正說的熱鬧。只見那陳經濟。要與西門慶說話。跟尋了好一回不見。問那玳安。說在月娘房里。走到捲棚底下。剛剛奏巧。遇着了那潘金蓮。凭闌獨㗻。猛然抬起頭來。見了經濟。就是個猫兒見了魚鮮飯。一心心要㗻他下去了。不覺的把一天愁悶。多改做春風和氣。两个乘着没有人來。挽手相偎。做剁嘴咂舌頭。两下肉麻。好生兒頑了一回兒。因恐怕西門慶出來撞見。連那筭帳的事情也不必呼兩聲眼又像老鼠兒見了猫來。左顧右盼。提防着。又没个方便。一溜

烟自出去了。且說西門慶听罷了薛姑子的話頭。不覺心上打
動了一片善念。就叫玳安取出拜匣。把汗巾上的小匙鑰兒開
了。取出一封銀子。准准三十兩足色松紋。便交付薛姑子與那
王姑子。卽便同去。隨分那里經坊。與我印下五千卷經。待完了
我就筭帳找他。正話間。只見那書童忙忙的來報道。請的各位
客人多到了。少不的是吳大舅花二舅。謝希大常時節這一班
多各齊齊整整一齊到西門慶忙的不迭。卽便整衣出外迎接
升堂。就叫小廝擺下卓兒。放下小菜兒。請吳大舅上坐了。衆人
一行兒分班列次。各叙長幼。各各坐地。那些奄臘煎熬。大魚大
肉。燒鷄燒鴨。時鮮菓品。一齊兒多捧將出來。西門慶又叫道開
那麻菇酒兒盪來。只見酒逢知巳。形迹多忘。猜枚的打鼓的催

花的三拳兩謊的。歌的歌唱的唱。談風月盡道是杜工部賀黄剗乗春賞翫。掉文袋也曉的蘇玉局。黄魯直。赤壁清遊。投壺的定要那正雙飛。拗雙飛八仙過海。擲色的。又要那正馬軍。拗馬軍。鰍入菱窠。輸酒的要唱个無滴。不怕你玉山頹。倒羸色的。又要去掛紅。誰讓你倒着接羅顛不盡少年塲光景。說不了醉鄉裏日月。正是

秋月春花隨處有　賞心樂事此時同

百年若不千塲醉　碌碌營營總是空

畢竟未知後來何如且聽下回分解